阅读之前 没有真相

午夜文库

阿加莎·克里斯蒂
赫尔克里·波洛系列

阿加莎·克里斯蒂
Agatha Christie (1890—1976)

无可争议的侦探小说女王,侦探文学史上最伟大的作家之一。

阿加莎·克里斯蒂原名为阿加莎·玛丽·克拉丽莎·米勒,一八九〇年九月十五日生于英国德文郡托基的阿什菲尔德宅邸。她几乎没有接受过正规的教育,但酷爱阅读,尤其痴迷于歇洛克·福尔摩斯的故事。

第一次世界大战期间,阿加莎·克里斯蒂成了一名志愿者。战争结束后,她创作了自己的第一部侦探小说《斯泰尔斯庄园奇案》。几经周折,作品于一九二〇年正式出版,由此开启了克里斯蒂辉煌的创作生涯。一九二六年,《罗杰疑案》由哈珀柯林斯出版公司出版。这部作品一举奠定了阿加莎·克里斯蒂在侦探文学领域不可撼动的地位。之后,她又陆续出版了《东方快车谋杀案》《ABC谋杀案》《尼罗河上的惨案》《无人生还》《阳光下的罪恶》等脍炙人口的作品。时至今日,这些作品依然是世界侦探文学宝库里最宝贵的财富。根据她的小说改编而成的舞台剧《捕鼠器》,已经成为世界上公演场次最多的剧目;而在影视改编方面,《东方快车谋杀案》为英格丽·褒曼斩获奥斯卡大奖,《尼罗河上的惨案》更是成为几代人心目中的经典。

阿加莎·克里斯蒂的创作生涯持续了五十余年,总共创作了八十余部侦探小说。她的作品畅销全世界一百多个国家和地区,累计销量已经突破二十亿册。她创造的小胡子侦探波洛和老处女侦探马普尔小姐为读者津津乐道。阿加莎·克里斯蒂是柯南·道尔之后最伟大的侦探小说作家,是侦探文学黄金时代的开创者和集大成者。一九七一年,英国女王授予克里斯蒂爵士称号,以表彰其不朽的贡献。

一九七六年一月十二日,阿加莎·克里斯蒂逝世于英国牛津郡沃灵福德家中,被安葬于牛津郡的圣玛丽教堂墓园,享年八十五岁。

阿加莎·克里斯蒂 侦探作品年表

波洛系列

- 1920　The Mysterious Affair at Styles《斯泰尔斯庄园奇案》
- 1923　Murder on the Links《高尔夫球场命案》
- 1924　Poirot Investigates《首相绑架案》
- 1926　The Murder of Roger Ackroyd《罗杰疑案》
- 1927　The Big Four《四魔头》
- 1928　The Mystery of the Blue Train《蓝色列车之谜》
- 1932　Peril at End House《悬崖山庄奇案》
- 1933　Lord Edgware Dies《人性记录》
- 1934　Murder on the Orient Express《东方快车谋杀案》
- 1935　Three-Act Tragedy《三幕悲剧》
- 1935　Death in the Clouds《云中命案》
- 1936　The ABC Murders《ABC谋杀案》
- 1936　Murder in Mesopotamia《古墓之谜》
- 1936　Cards on the Table《底牌》
- 1937　Dumb Witness《沉默的证人》
- 1937　Death on the Nile《尼罗河上的惨案》
- 1937　Murder in the Mews《幽巷谋杀案》
- 1938　Appointment with Death《死亡约会》
- 1938　Hercule Poirot's Christmas《波洛圣诞探案记》
- 1940　Sad Cypress《H庄园的午餐》
- 1940　One, Two, Buckle My Shoe《牙医谋杀案》
- 1941　Evil Under the Sun《阳光下的罪恶》
- 1943　Five Little Pigs《五只小猪》
- 1946　The Hollow《空幻之屋》
- 1947　The Labours of Hercules《赫尔克里·波洛的丰功伟绩》
- 1948　Taken at the Flood《顺水推舟》
- 1952　Mrs. McGinty's Dead《清洁女工之死》
- 1953　After the Funeral《葬礼之后》
- 1955　Hickory Dickory Dock《山核桃大街谋杀案》
- 1956　Dead Man's Folly《弄假成真》
- 1959　Cat Among the Pigeons《鸽群中的猫》
- 1960　The Adventure of the Christmas Pudding《雪地上的女尸》

阿加莎·克里斯蒂 侦探作品年表

1963　The Clocks《怪钟疑案》
1966　Third Girl《第三个女郎》
1969　Hallowe'en Party《万圣节前夜的谋杀》
1972　Elephants Can Remember《大象的证词》
1974　Poirot's Early Stories《蒙面女人》
1975　Curtain—Poirot's Last Case《帷幕》

马普尔小姐系列

1930　The Murder at the Vicarage《寓所谜案》
1932　The Thirteen Problems《死亡草》
1942　The Body in the Library《藏书室女尸之谜》
1943　The Moving Finger《魔手》
1950　A Murder Is Announced《谋杀启事》
1952　They Do It with Mirrors《借镜杀人》
1953　A Pocket Full of Rye《黑麦奇案》
1957　4.50 from Paddington《命案目睹记》
1962　The Mirror Crack'd from Side to side《破镜谋杀案》
1964　A Caribbean Mystery《加勒比海之谜》
1965　At Bertram's Hotel《伯特伦旅馆》
1971　Nemesis《复仇女神》
1976　Sleeping Murder《沉睡谋杀案》
1979　Miss Marple's Final Cases《马普尔小姐最后的案件》

其他系列及非系列

1922　The Secret Adversary《暗藏杀机》
1924　The Man in the Brown Suit《褐衣男子》
1925　The Secret of Chimneys《烟囱别墅之谜》
1929　Partners in Crime《犯罪团伙》
1929　The Seven Dials Mystery《七面钟之谜》
1930　The Mysterious Mr. Quin《神秘的奎因先生》
1931　The Sittaford Mystery《斯塔福特疑案》
1933　The Witness for the Prosecution and Other Stories《控方证人》
1934　Why Didn't They Ask Evans?《悬崖上的谋杀》

阿加莎·克里斯蒂 侦探作品年表

1934	The Listerdale Mystery《金色的机遇》
1934	Parker Pyne Investigates《惊险的浪漫》
1939	Murder Is Easy《逆我者亡》
1939	And Then There Were None《无人生还》
1941	N or M?《桑苏西来客》
1944	Towards Zero《零点》
1945	Sparkling Cyanide《闪光的氰化物》
1945	Death Comes as the End《死亡终局》
1949	Crooked House《怪屋》
1950	Three Blind Mice and Other Stories《三只瞎老鼠》
1951	They Came to Baghdad《他们来到巴格达》
1954	Destination Unknown《地狱之旅》
1958	Ordeal by Innocence《奉命谋杀》
1961	The Pale Horse《灰马酒店》
1967	Endless Night《长夜》
1968	By the Pricking of My Thumbs《煦阳岭的疑云》
1970	Passenger to Frankfurt《天涯过客》
1973	Postern of Fate《命运之门》
1991	Problem at Pollensa Bay《神秘的第三者》
1997	While the Light Lasts《灯火阑珊》

出版前言

纵观世界侦探文学一百七十余年的历史，如果说有谁已经超脱了这一类型文学的类型化束缚，恐怕我们只能想起两个名字——一个是虚构的人物歇洛克·福尔摩斯，而另一个便是真实的作家阿加莎·克里斯蒂。

阿加莎·克里斯蒂以她个人独特的魅力创造着侦探文学史上无数的传奇：她的创作生涯长达五十余年，一生撰写了八十余部侦探小说，她开创了侦探小说史上最著名的"黄金时代"；她让阅读从贵族走入家庭，渗透到每个人的生活中，她的作品被翻译成一百多种文字，畅销全球一百五十余个国家，作品销量与《圣经》《莎士比亚戏剧集》同列世界畅销书前三名；她的《罗杰疑案》《无人生还》《东方快车谋杀案》《尼罗河上的惨案》都是侦探小说史上的经典；她是侦探小说女王，因在侦探小说领域的独特贡献而被册封为爵士，她是侦探小说的符号和象征。她本身就是传奇。沏一杯红茶，配一张躺椅，在暖暖的阳光下读阿加莎的小说是一种生活方式，是惬意的享受，也是一种态度。

午夜文库成立之初就试图引进阿加莎的作品，但几次都与版权擦肩而过。随着午夜文库的专业化和影响力日益增强，阿加莎·克里斯蒂的版权继承人和哈珀柯林斯出版公司主动要求将版权独家授予新星出版社，并将阿加莎系列侦探小说并入午夜文库。这是对我们长期以来执着于侦探小说出版的褒奖，是对我们的信任与鼓励，更是一种压力和责任。

新版阿加莎·克里斯蒂作品由专业的侦探小说翻译家以最权威的英文版本为底本，全新翻译，并加入双语作品年表和阿加莎·克里斯蒂家族独家授权的照片、手稿等资料，力求全景展现"侦探女王"的风采与魅力。使读者不仅欣赏到作家的巧妙构思、离奇桥段和睿智语言，而且能体味到浓郁的英伦风情。

阿加莎作品的出版是一项系统工程，规模庞大，我们将努力使之臻于完美。或存在疏漏之处，欢迎方家指正。

新星出版社
午夜文库编辑部

Agatha Christie

Over the next few years, we plan to celebrate two very important Agatha Christie anniversaries. In 2015, it is the 125th anniversary of her birth in Torquay, South Devon, England, and in 2020 it will be 100 years after her first book, THE MYSTERIOUS AFFAIR AT STYLES, featuring her famous detective, Hercule Poirot, was published. This is therefore a very appropriate moment to publish a new edition of her works, and I am delighted that HarperCollins has chosen to work with New Star on these new editions. New Star is China's top crime publisher, and has a strong and dedicated editorial staff and a continued passion for Agatha Christie, making them the ideal partner. It is the right time to make these classic books available in modern translations and so to bring Agatha Christie's books anew to her many fans in China, giving them a new reason to re-read these much-loved stories, as well as introducing them to a whole new audience. How delighted Agatha Christie would have been that her stories (as she called them) are still giving so much pleasure to so many people all over the world!

I think there are two very remarkable things about Agatha Christie's stories. The first is that they are so adaptable. It doesn't really matter which language they appear in, the stories and the plots still give the same thrill, still provide the same puzzles, and the characters still have the same attraction. Readers in China will I am sure enjoy Hercule Poirot and Miss Marple just as much as we do in England, and readers in China will still be transfixed by the surprises and horrors of AND THEN THERE WERE NONE, one of the great classics of 20th century detective fiction, as we are here.

Agatha Christie

The second is that the stories give a wonderful picture of England, particularly rural England, at the time Agatha Christie lived. She wrote books from 1920 until 1970 but it is sometimes hard to tell which part of her life each book was written in. Her characters and the life they lived were very much the same. The life we all live is changing very quickly these days but "the Agatha Christie world stays the same." Perhaps the Miss Marple stories provide the best example of this, and in some ways, THE BODY IN THE LIBRARY and NEMESIS are quite similar, despite the fact that thirty years elapsed between the time they were written.

Perhaps I might end by mentioning three Agatha Christies (other than the ones mentioned above) which I think demonstrate why she is so popular, even in the twenty-first century. The first is MURDER ON THE ORIENT EXPRESS, one of the most famous with one of the most ingenious and human plots. Next Read this on one of your long train journeys in China! Next is A MURDER IS ANNOUNCED, a Miss Marple which was her 50th book. It has my favourite murderer in it! And last is ENDLESS NIGHT — a story about evil and how it affects three young people, written at the time when I knew her best, and understood how deeply she cared and sympathised with young people and the world they lived in.

Whichever are your favourites I hope you enjoy these stories that New Star are introducing to you again. I think it is a great publishing event.

Mathew Prichard
Grandson of Agatha Christie
Chairman of Agatha Christie Ltd

致中国读者

(午夜文库版阿加莎·克里斯蒂作品集序)

在未来的几年中,我们将要筹备两个非常重要的关于阿加莎·克里斯蒂的纪念日。二〇一五年是她的一百二十五岁生日——她于一八九〇年出生于英国的托基市,二〇二〇年则是她的处女作《斯泰尔斯庄园奇案》问世一百周年的日子,她笔下最著名的侦探赫尔克里·波洛就是在这本书中首次登场。因此,新星出版社为中国读者们推出全新版本的克里斯蒂作品正是恰逢其时,而且我很高兴哈珀柯林斯选择了新星来出版这一全新版本。新星出版社是中国最好的侦探小说出版机构,拥有强大而且专业的编辑团队,并且对阿加莎·克里斯蒂的作品极有热情,这使得他们成为我们最理想的合作伙伴。如今正是一个良机,可以将这些经典作品重新翻译为更现代、更权威的版本,带给她的中国书迷,让大家有理由重温这些备受喜爱的故事,同时也可以将它们介绍给新的读者。如果阿加莎·克里斯蒂知道她的小故事们(她这样称呼自己的这些作品)仍然能给世界上这么多人带来如此巨大的阅读享受,该有多么高兴啊!

我认为阿加莎·克里斯蒂的作品有两个非常重要的特征。首先它们是非常易于理解的。无论以哪种语言呈现,故事和情节都同样惊险刺激,呈现给读者的谜团都同样精彩,而书中人物的魅力也丝毫不受影响。我完全可以肯定,中国的读者能够像我们英国人一样充分享受赫尔克里·波洛和马普尔小姐带来的乐趣;中国读者也会和我们一样，读到二十世纪最伟大的侦探经典作品——比如《无人生还》——的时候，被震惊和恐惧牢牢钉在原地。

第二个特征是这些故事给我们展开了一幅英格兰的精彩画卷，特别是阿加莎·克里斯蒂那个年代的英国乡村。她的作品写于二十世纪二十年代至七十年代间，不过有时候很难说清楚每一本书是在她人生中的哪一段日子里写下的。她笔下的人物，以及他们的生活，多多少少都有些相似。如今，我们的生活瞬息万变，但"阿加莎·克里斯蒂的世界"依旧永恒。也许马普尔小姐的故事提供了最好的范例：《藏书室女尸之谜》与《复仇女神》看起来颇为相似，但实际上它们的创作年代竟然相差了三十年。

最后，我想提三本书，在我心目中（除了上面提过的几本之外）这几本最能说明克里斯蒂为什么能够一直受到大家的喜爱。首先是《东方快车谋杀案》，最著名，也是最机智巧妙、最有人性的一本。当你在中国乘火车长途旅行时，不妨拿出来读读吧！第二本是《谋杀启事》，一个马普尔小姐系列的故事，也是克里斯蒂的第五十本著作。这本书里的诡计是我个人最喜欢的。最后是《长夜》，一个关于邪恶如何影响三个年轻人生活的故事。这本书的写作时间正是我最了解她的时候。我能体会到她对年轻人以及他们生活的世界关心至深。

现在新星出版社重新将这些故事奉献给了读者。无论你最爱的是哪一本，我都希望你能感受到这份快乐。我相信这是出版界的一件盛事。

阿加莎·克里斯蒂外孙
阿加莎·克里斯蒂有限责任公司董事长
马修·普理查德
二〇一三年二月二十日

阿加莎·克里斯蒂侦探小说全集㊷
黑咖啡*
Black Coffee

[英]阿加莎·克里斯蒂 著
苏迪青 译

新 星 出 版 社　NEW STAR PRESS

* 本书是查尔斯·奥斯本根据阿加莎·克里斯蒂原创剧本改编的同名小说。

出场人物

克劳德·艾默里爵士　　实验物理学家
特雷德韦尔　　　　　　艾默里家的管家
理查德·艾默里　　　　克劳德的儿子
露西娅·艾默里　　　　克劳德的儿媳
卡洛琳·艾默里　　　　克劳德的姐姐
芭芭拉·艾默里　　　　克劳德的侄女
爱德华·雷纳　　　　　克劳德的秘书
卡雷利医生　　　　　　客人
格拉汉姆医生　　　　　克劳德的私人医生
赫尔克里·波洛　　　　侦探
阿瑟·黑斯廷斯上尉　　波洛忠实的朋友、助手
贾普探长　　　　　　　苏格兰场警探
约翰逊警士　　　　　　贾普的手下

前　言

我的外祖母阿加莎·克里斯蒂决定写一部剧本，这是她之前从来没有尝试过的事情，主要出于她对一九二八年改编自她的小说《罗杰疑案》的电影《不在犯罪现场》①的不满。《黑咖啡》讲的是她最喜欢的侦探——赫尔克里·波洛的故事，于一九二九年的夏天创作完成。但当阿加莎把这部作品给她的经纪人看时，经纪人建议她别费力把它交给任何剧院。在经纪人看来，这部作品不适合搬上舞台。幸运的是，一个从事剧目管理的朋友劝说她别听从那个消极的建议，于是这部戏于一九三〇年在伦敦瑞士小屋的使馆剧院开始排演。

《黑咖啡》备受欢迎，次年四月起又在伦敦西区的圣马丁剧院进行了长达几个月的成功展演（在那里，克里斯蒂之后的一部作品——《捕鼠器》，于一九五二年进行了更长时间的演出）。一九三〇年，颇负盛名的男演员弗兰西斯·L.沙利文出演了波洛，约翰·博克瑟出演他的助手黑斯廷斯上尉；乔伊斯·布兰德

---

① *Alibi*，又译为《不在场证明》，是根据阿加莎·克里斯蒂的小说《罗杰疑案》（新星出版社，二〇一三年三月版）改编的悬疑侦探电影。

出演露西娅·艾默里,莎士比亚剧演员唐纳德·沃尔菲特出演卡雷利医生。在伦敦西区展演的版本里,弗兰西斯·L.沙利文仍然出演波洛,但是黑斯廷斯由罗兰·卡尔弗出演,卡雷利医生则由迪诺·加尔瓦尼出演。

几个月之后,《黑咖啡》被英格兰的特威克南工作室拍成电影,由莱斯利·希斯科特执导,由已经出演过电影《不在犯罪现场》里波洛的奥斯汀·特雷弗饰演。这部剧一直是准备多种剧目定期更换演出的那些剧团多年来最受欢迎的一部。

一九五六年夏天时,查尔斯·奥斯本还是个年轻演员,在坦布里奇·韦尔斯出演了《黑咖啡》里的卡雷利医生。在四十多年间,他不仅成为戏剧界的权威,还写了一本精彩绝伦的书,题目、叫做"阿加莎·克里斯蒂作品中的人生和罪行",这时他想起了他演过的那部剧。他向阿加莎·克里斯蒂有限公司(阿加莎所有作品的版权所有方)建议,在作者去世二十周年之际,给世界一部全新的阿加莎·克里斯蒂犯罪小说,这是一件伟大的事。我们热情地同意了,于是,这本赫尔克里·波洛谋杀小说得以问世。对我来说这是一本真实的、有特色的克里斯蒂的作品。我十分肯定阿加莎会为这一创作而骄傲。

马修·普理查德

第一章

赫尔克里·波洛在他位于白屋大厦小巧而温馨的公寓里吃着早餐。他很喜欢在早上吃奶油面包卷再搭配一杯热巧克力。虽然作为一个墨守成规的人,他很少改变自己的早餐习惯,但今天和往常不一样的是,他让侍从乔治给他做了第二杯热巧克力。在等待热巧克力上桌时,他再次扫了一眼放在餐桌上的今早的信件。

他像往常一样精心地整理了一番,将废弃的信封叠成整齐的一摞。这些信封被小心翼翼地用一把小剑样式的裁纸刀打开,这把刀是他的老朋友黑斯廷斯在许多年前作为生日礼物送给他的。第二摞信件并不能引起他的兴趣——主要是通知,过一会儿就会让乔治处理掉的。第三摞里有一些需要答复的信件,或者至少需要确认。这些会在早餐后处理,但无论如何都不会在十点之前处理,波洛认为在十点之前开始例行的工作并不那么专业。当他在处理一个案子的时候,啊,当然,那就不一样了。他还记得有一次,他和黑斯廷斯在黎明前就开始工作了,为了……

但是呢,不,波洛并不想让自己的思维驻留在过往,那些愉快的过往。他们经手的最后一个案件,涉及一个叫作"四魔头"的国际犯罪组织,这件案子有了一个满意的结果,并且黑斯廷斯已经回到了阿根廷,回到了他的大农场和妻子身边。即使这位老朋友因为有关牧场的生意暂时回到了伦敦,波洛和他再在一起工作、调查案件的可能性也是非常小的。这难道是赫尔克里·波洛在一九三四年五月这个美好的春天里感到焦虑的原因吗？他表面上是退休了，但当有趣的案件出现在面前时，他已经不止一次地被引诱着脱离了那种退休状态。他很享受又一次找到线索的感觉，特别是有黑斯廷斯在身边为他的想法和理论提出建议的时候。但可以激发波洛职业兴趣的事情已经几个月没有发生了。难道再也没有富有想象力的罪行和罪犯了吗？难道只剩些暴力和粗俗、龌龊的不值得波洛屈尊去调查的谋杀和抢劫了吗？

他的思绪被乔治的到来打断，乔治端着第二杯备受波洛青睐的热巧克力，静静地站在他身旁。波洛喜欢热巧克力，不仅仅是因为他十分享受热巧克力那浓郁、香甜的味道，还因为这可以让他一天的活动延迟几分钟再开始。在这个阳光明媚的早晨，最让人兴奋的情景莫过于到公园中散散步，然后穿过梅费尔区[①]，到他最喜欢的那家位于苏荷区[②]的餐厅一个人享受午餐。午餐该吃点什么呢？大概先来一点法式馅饼，然后是"美人鱼"[③]，接下来是……

他意识到乔治已经把热巧克力放在了桌子上，正在跟他讲话。完美无瑕、沉着冷静的乔治是个一丝不苟、面无表情的英格兰人，他跟随波洛有一段时间了，完全是波洛理想中的那种类型的男仆。乔治对所有的事情都缺乏好奇心，并且极其不愿意在任何话题上表达私人观点，但他却是英格兰贵族的信息源，并且跟大侦探先生本人一样有洁癖。波洛不止一次对他说："你熨得一手好裤子，但想象力嘛，完全欠奉。"想象力，却是赫尔克

[①] 伦敦的上流住宅区。
[②] 伦敦的街区，有许多餐厅、小酒馆、酒吧。
[③] 一种法国菜。

里·波洛最富余的东西。而能把一条裤子熨得恰到好处，从他的角度看，是一个了不起的成就。是的，有乔治照顾他真是太幸运了。

"先生，我擅自做主，许诺您今早会给他们回电话。"乔治说。

"我恳请你再说一遍，亲爱的乔治。"波洛回答，"我走神了。你说有人打过电话了？"

"是的，先生。昨天晚上，先生，那时您和奥利弗夫人一起去剧院了。我在您回家之前就已经上床休息了，我想那么晚给您留消息没有什么必要。"

"那个打电话的人是谁？"

"先生，那位绅士自称是克劳德·艾默里爵士。他留下了他的电话号码，好像是萨里①某个地方的。他说有件很棘手的事情，并且请您打电话的时候不要向任何人透露姓名，坚持找克劳德·艾默里本人就行了。"

"谢谢你，乔治。把电话号码放在我桌上吧。"波洛说，"我看完今早的《泰晤士报》之后会给克劳德爵士打电话的。一大清早打电话还是有点早，就算是因为某些棘手的事。"

乔治鞠躬离去，波洛慢慢地喝完他的热巧克力，然后带着今早的报纸回到阳台。

几分钟后，《泰晤士报》被搁置一旁。国际新闻像往常一样令人沮丧。那个可怕的希特勒已经把德国立法机构变成了纳粹党的分支，法西斯分子在保加利亚掌权。最坏的是，在波洛自己的国家，比利时，在一次靠近蒙斯②的矿井爆炸中，恐怕有四十二

---

① 萨里是英格兰东南部行政郡和历史郡，位于伦敦西南三十英里处。
② 比利时西南部城市，邻近法国边界。

3

名矿工身亡。国内的消息稍微好一点。尽管官方表示为国际形势感到深切的忧虑，但今年夏天温布尔登网球公开赛的女选手被允许穿短裤出赛了。讣闻方面也没有什么令人欣慰的内容，对于人们来说，能活到波洛这个年纪或者比波洛年轻些，都死而无憾了。

波洛搁下报纸，躺回了他舒服的藤椅，脚跷在小板凳上。克劳德·艾默里爵士，他自忖。这个名字触动了他的心弦，确定吗？他曾经在某个地方听到过这个名字。是的，这个克劳德爵士在某个领域十分有名。但是，是在什么领域呢？他是个政客吗？是大律师？退休的公务员？克劳德·艾默里爵士，艾默里……

阳台沐浴着清晨的阳光，波洛发现在这里晒一会儿太阳真暖和。不久他就感到暖和得过分了，因为他并不是个太阳的崇拜者。"等太阳把我赶回室内……"他沉思道，"我就要去查一查名人录。如果这个克劳德爵士是个人物，他一定会被那部优秀的卷册收录。如果他不是呢？"这个矮个子侦探意味深长地耸了耸肩。一个顽固的势利小人，他根据克劳德爵士的头衔对他进行了预判。如果能在名人录里找到他，那或许这个克劳德爵士是可以合法地占有赫尔克里·波洛的时间和精力的人，毕竟在那上面也可以找到波洛自己详细的职业经历。

越来越强的好奇心和一阵突如其来的凉风促使波洛回到房间。一走进书房，他就去参考书的书架上拿下了一本厚厚的红色的书，名人录，书脊饰有金色的浮雕。他翻了几页，来到他所寻找的部分，朗声读道：

艾默里，克劳德爵士，一九二七年受爵，一八七八年十一月二十四日出生，一九〇七年结婚，妻子海伦·格拉汉姆（一九二九年去世），育有一子。教育情况：韦茅斯·格兰姆中学，伦敦皇家学院。GEC实验室物理学家，一九〇五；RAE法恩伯勒研究学院（无线电系），一九一六；斯沃尼奇空气矿物学研究基地，一九二一；提出了一个加速粒子的新原理：旅行波线性加速器，一九二四。因学术杂志上的论文获物理社会公众门罗奖章。地址：阿伯特的克里夫府邸，克里夫市镇以北，萨里。电话：克里夫市镇314。俱乐部：雅典娜。

哦，没错。波洛心想，著名的科学家。他记得几个月前和一个政府人员的谈话，当时波洛刚取回一些丢失的文件，里面有可能会让政府难堪的内容。他们谈到安全问题，那位政客承认一般的安保措施不太严格。"比如……"他讲道，"克劳德·艾默里爵士正在进行的工作对未来的战争来说十分重要，但他拒绝在实验室里工作，但只有在那里他和他的发明才能被恰当地保护。而他坚持自己一个人在家里工作。一点安保措施都没有，真让人担心啊。"

真奇怪。波洛边想边把名人录放回了书架，奇怪……克劳德爵士会要赫尔克里·波洛做一只疲惫的老看门狗吗？这些关于战争的发明，秘密武器，都和我无关。如果克劳德爵士……

旁边房间的电话响了，波洛听见乔治接了电话。过了一会儿，男仆出现了。"又是克劳德·艾默里爵士，先生。"他说。

波洛走到电话前。"您好，我是赫尔克里·波洛。"他对着话筒说道。

"波洛？我们没有见过，不过我对您可是久仰大名啊。我的名字叫艾默里，克劳德·艾默里……"

"我也听说过您，当然，克劳德爵士。"波洛回答。

"您瞧，我手上有一些非常棘手的问题。更确切地说，是可能有。我还不太确定。我正在研究一个原子弹爆炸的方程式，我就不讲细节了，但是国防部认为这件事极其重要。我现在完成了我的工作，已经研究出了一种方程式，可以用来制作新型致命性爆炸武器。我有理由怀疑我的一个家庭成员想要偷走它。我现在不能多说，但如果您能够周末来阿伯特的克里夫府邸做客，我将感激不尽。我想让您将这个方程式带回伦敦，然后交给国防部的某个人。有一些原因导致国防部的信使无法胜任这项工作。我需要一个表面上不引人注目、非科学界的公众人物，但却要足够机智……"

克劳德爵士继续说着。赫尔克里·波洛瞥了一眼镜子里他那光秃秃的鹅蛋脑袋和精心上蜡的胡子，心想，他在漫长的职业生涯中，还从没给别人留下不引人注目的印象，自己也从没这种感觉。不过乡下的一个周末，以及与著名科学家会面的机会很不错，而且，毫无疑问，他还会得到政府适当的感谢。他所要做的，不过是通过他的口袋，将或许致命的方程式从萨里带回白厅。

"我很荣幸能帮到您，亲爱的克劳德爵士。"他打断道，"我计划周六下午到达，如果这对您来说方便的话。然后会在周一早上把您想让我带的东西带回伦敦。我热切盼望与您结识。"

奇怪，他挂电话的时候想。外国机构或许对克劳德爵士的方程式感兴趣，但科学家自己家里的人也会对这种方程式感兴趣吗？啊，这个周末无疑将揭晓他许多的疑问。

"乔治。"他叫道，"请把我的厚花呢西装、晚礼服和长裤送到洗衣店去。必须在星期五以前拿回来，因为我要去乡下过周末。"他把声音拖得像是在中亚大草原上那样长。

接着，他又回到电话前，拨了一个号码，在讲话前等了几分钟。"我亲爱的黑斯廷斯。"他开始讲道，"你可不可以把你在伦敦的事务放几天？这个时节的萨里很舒适……"

第二章

1

克劳德·艾默里爵士的府邸，阿伯特的克里夫府邸，坐落在克里夫镇的郊外。克里夫镇，更确切地说，是一个大村落，在伦敦东南二十五英里处。这所房子本身是一座不伦不类的维多利亚式大宅，坐落于连绵几英里的美丽田园中，周围到处都是丛林。碎石铺就的车道蜿蜒于茂密的树林和灌木中，从门房一直延伸至大宅的正门。屋后的露台连着一片草地，草地的斜坡下是个有些荒芜的花园。

在和赫尔克里·波洛通话两天后的那个周五晚上，克劳德爵士坐在自己的书房内。这是一间位于一楼东边的舒适房间，格局小巧、家具齐全。屋外，亮色渐渐退去。克劳德爵士的管家特雷德韦尔，一个身材高大、面色忧郁的完美管家，提前两三分钟敲响了晚饭开饭锣，毫无疑问，现在全家人都聚集在了房子另一侧的餐厅。

克劳德爵士用手指敲击桌子，这是他逼迫自己快速做出决定时的习惯。他大约五十多岁，中等身高，身材适中，一头灰发从高高的前额直直地梳向脑后，他有一双清澈的冰蓝色眼睛，而他现在却一脸焦虑和迷惑。

传来谨慎的敲门声,特雷德韦尔出现在书房门口。"打扰了,克劳德爵士。我想您可能没有听见锣声……"

"不,不,特雷德韦尔,我听到了。你可以告诉他们我马上就去吗?就说我在接电话。我想赶紧打个电话,你可以开始上菜了。"

特雷德韦尔默默地退下了,克劳德爵士深吸了一口气,拉近了电话。他从抽屉里拿出一本小小的地址簿,简单地看了一下便拿起了话筒,听了一会儿后开始说话。

"这里是克里夫市镇三一四。我想让您帮我接通一个伦敦的号码。"他报出号码,然后靠向椅背,开始等待。他的右手开始紧张地敲击桌子。

2

几分钟之后,克劳德·艾默里爵士加入了晚宴,坐在首席,而其他六个人已经入座。坐在克劳德爵士右边的是他的侄女芭芭拉·艾默里,坐在她旁边的是她的堂兄,爵士的独子理查德。坐在理查德·艾默里右边的是一位客人,卡雷利医生,一个意大利人。接着,桌子那头坐着卡洛琳·艾默里,克劳德爵士的姐姐。她一直未嫁,自从爵士的妻子数年前去世后就替爵士照管家务。克劳德爵士的秘书爱德华·雷纳和露西娅坐在艾默里小姐右边。露西娅是理查德·艾默里的妻子,坐在雷纳和爵士之间。

在这种情况下,晚宴的氛围也不一定有多好。卡洛琳·艾默里多次试着和卡雷利医生交谈,可是每次他都只是彬彬有礼地回答了她的问题而没有任何继续交谈的意思。但她转过来跟爱德华·雷纳说话的时候,这个平日里温文尔雅的年轻男人变得很紧张，喃喃地道了歉，看起来很尴尬。克劳德爵士和往常用餐时一样沉默寡言，或者更甚。理查德·艾默里偶尔不安地看一眼妻子露西娅。只有芭芭拉一个人精神不错，偶尔和她姑姑聊几句。

当特雷德韦尔上甜点的时候，克劳德爵士突然打量了一眼管家，用全桌都能听见的声音大声地开始说话。

"特雷德韦尔。"他说，"你可以给克里夫市镇上的杰克逊车库打个电话吗？让他们派一辆车和一位司机，去车站接从伦敦来的八点五十五的车。一位晚饭后要拜访我们的绅士会坐那趟车来。"

"好的，克劳德爵士。"特雷德韦尔正要离开，他还没走出房间，露西娅忽然站了起来，说了声抱歉就往外走，差点和正要关门的管家撞上。

穿过大厅，她匆忙地沿着走廊进入了房子后面的大房间里。那是间阅览室，他们通常这样叫它，但这间阅览室也经常被当作起居室用。这不是个华丽的房间，却相当舒适。落地窗面向露台，另一扇门直通克劳德爵士的书房。在壁炉台，巨大的开放式壁炉之上，立着一座老式时钟和一些装饰品，还有一瓶用来点火的纸捻。

阅览室里的陈设有高高的书架，上面放着个马口铁盒；摆放着电话的书桌，一张凳子。一张小桌子上摆着留声机和唱片。还有一张长靠椅，一张咖啡桌，一张偶尔一用的桌子上放着一排书；两把椅子，一把扶手椅，另一张桌子上放着一盆长在铜罐里的植物。家具基本上都是旧式的，但还算不上古董。

露西娅是一个年方二十五的姑娘，年轻漂亮，一头浓密的黑发垂至肩膀，一双褐色的眼睛闪烁着兴奋的光芒，但现在她的眼中有一种说不出的压抑之情。她在房间中央踌躇了一会儿，然后

阅览室示意图

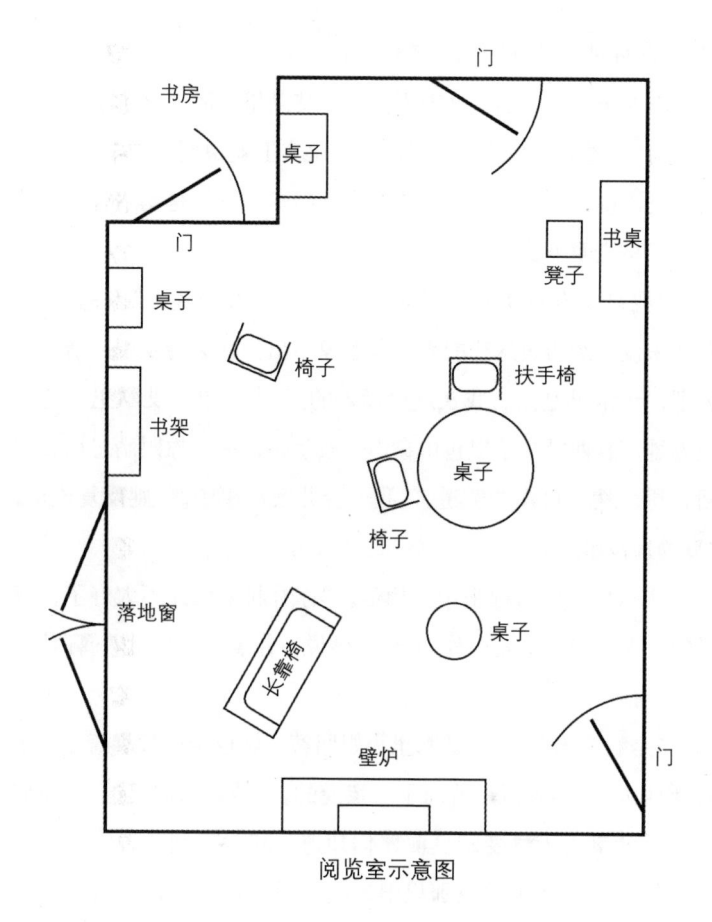

走向落地窗，轻轻地拉开窗帘看向外面的夜色。她发出了一声难以听闻的叹息声，然后把前额贴在冰凉的窗户上，陷入沉思。

门外大厅可以听见艾默里小姐的声音，喊着："露西娅，露西娅，你在哪儿？"片刻过后，艾默里小姐，这个比艾默里爵士大几岁的挑剔女人走进了房间。她径直走到露西娅面前，拉住露西娅的手，把她牵到长靠椅前。

"这里，亲爱的，你坐这里。"她说道，指着长靠椅的一角，

"过一两分钟你就好了。"

露西娅坐下之后,冲着卡洛琳·艾默里感激地笑了笑,但笑容苍白。"是的,当然。"她认同,"事实上就快要过去了。"虽然她的英语说得非常标准——或许太标准了——但是偶尔音调上的变化还是说明英语不是她的母语。

"我只是有点头晕,仅此而已,"她继续说道,"多荒谬啊。我从来没有经历过这样的事。我想象不出为什么会发生。请您回去吧,卡洛琳姑姑。我在这里没事的。"卡洛琳·艾默里关切地望着她。露西娅从手提包中拿出一条手帕,擦了擦眼睛之后又放回包里,然后再次微笑道,"我一会儿就没事了。"她反复说道,"真的,没事。"

艾默里小姐看起来不太相信。"你看起来已经不太好了,亲爱的,整个晚上都是,你知道。"她说,并焦虑地打量着露西娅。

"有吗?"

"是啊,确实是。"艾默里小姐回答。她也坐在长靠椅上,挨着露西娅。"你大概是着凉了,亲爱的。"她紧张地笑道,"我们英格兰的夏天天气变幻莫测,你知道。和意大利的大太阳完全不一样,你可能更适应那里吧。我总想着意大利是多么的明媚舒适。"

"意大利……"露西娅喃喃道,眼神缥缈恍惚,她把手提包放在长靠椅上,"意大利……"

"我知道,我的孩子,你一定很想念祖国吧?这真是个可怕的对比。一方面是天气,另一方面是不同的习俗。我们英国人看上去要冷淡多了。现在,意大利人——"

"不,我从来没有想念过意大利。"露西娅哭了,她的激烈反应让艾默里小姐大吃一惊,"从不。"

"哦,过来,孩子,有一点思乡之情没什么不体面的,因为——"

"从来没有!"露西娅重复道,"我恨意大利,我一直恨它。在英国,和像您一样和善的人在一起就像到了天堂一样。真的是天堂!"

"你这样讲让我很高兴,亲爱的。"卡洛琳说,"不过我肯定你只是出于礼貌罢了。我们的确都想让你高兴、自在,不过你要是思念家乡也是很自然的事。何况,没有妈妈——"

"求求你,求求你。"露西娅打断了她,"别提我妈妈。"

"好,不提,亲爱的,如果你不愿意,我就不提。我也不想让你不高兴呢。要我给你拿点嗅盐①吗?我房间里有。"

"不,谢谢您。"露西娅答道,"真的,我现在已经没事了。"

"这一点都不麻烦,你知道。"卡洛琳·艾默里坚持道,"我有许多很棒的嗅盐,是可爱的粉红色的,装在一个美丽的小瓶子里。味道很刺激。是氨盐,你知道,还是盐酸?我记不得了,总之不是打扫厕所用的那种。"

露西娅莞尔一笑,没有答话。艾默里小姐站起身来,却明显举棋不定是拿还是不拿嗅盐。她犹豫不决地走到沙发后面,把垫子整理了一下。"嗯,我想你一定是突然着的凉。"她继续说道,"你今天早上看起来还好着呢。或许是因为看到你的意大利朋友,那个卡雷利医生,所以太兴奋了?他出现得很突然,不是吗?一定让你大吃一惊。"

露西娅的丈夫理查德,在卡洛琳·艾默里讲话的时候走进了

---

①嗅盐(Smelling Salts),又叫"鹿角酒",是一种由碳酸铵和香料配置而成的药品,给人闻后有恢复或刺激作用,常用来减轻昏迷或头痛。在英国的维多利亚时代,嗅盐是上流社会淑女们的必备之物。

阅览室。艾默里小姐明显没有注意到他,因为她正纳闷为什么她的话让露西娅那么沮丧。露西娅此时身子靠后,紧闭双眼,打着寒战。"哦,亲爱的,你怎么了?"艾默里小姐问道,"你是不是又觉得有点晕?"

理查德·艾默里关上门向两位女士走去。他是一个典型的英格兰帅哥,三十岁左右,淡棕色的头发,中等身高,身材健硕。"回去吃完您的晚饭吧,卡洛琳姑姑。"他对艾默里小姐说,"把露西娅交给我吧,我来照顾她。"

艾默里小姐看起来还是有些犹豫。"哦,是你啊,理查德。那大概我可以回去了。"她说道,然后极不情愿地向通往大厅的门走了一两步。"你知道你的父亲多么讨厌骚乱吗?特别是有客人在的时候。更何况他并不是和我们家多亲密的朋友。"

她又转向露西娅说:"我只是说说,亲爱的。那个卡雷利医生出现的方式太奇怪了,他不知道你住在这里。你只是恰好在村子里碰见了他,然后邀请他来家里。亲爱的,你一定很吃惊吧?"

"是的。"露西娅回答。

"世界真小啊,我原来一直这样说。"艾默里小姐继续讲道,"你的朋友是个挺好看的男人,露西娅。"

"你这样认为吗?"

"当然,很有异域风情。"艾默里小姐承认道,"相貌英俊,而且英语说得非常好。"

"是的,我也这样觉得。"

艾默里小姐似乎不愿意结束这个话题。"你真的不知道他也在这一带吗?"她问。

"我一点儿都不知情。"露西娅断然说道。

理查德·艾默里一直专注地注视着自己的妻子,现在他开口道:"这对你来说是个多么美好的惊喜啊,露西娅。"

他的妻子飞速地抬头望了他一眼,但是没有回应。艾默里小姐面露喜色。"确实如此。"她继续说道,"你在意大利时跟他熟吗,亲爱的?他是你的好朋友吗?我猜他一定是。"

露西娅的声音中流露出些许苦涩。"他从来都不是我的朋友。"她说。

"哦,我明白了。你们只是认识。但是他接受了你慷慨的邀请并留下来了啊。我经常觉得外国人有点固执。哦,我并没有说你,当然啦,亲爱的……"艾默里小姐停了下来,脸一下子红了,"我的意思是,你已经是半个英格兰人了。"她狡猾地看着她的侄子,又说:"她现在已经非常英国化了,不是吗,理查德?"

理查德·艾默里没有回应姑姑的话,只是向门口走去并打开了门,似乎在下逐客令般请她回到餐桌前。

"好吧。"艾默里小姐回答,然后极不情愿地走向门口,"如果你确定我帮不上忙的话。"

"是的,是的。"理查德说,语气唐突,并且开着门等着。艾默里小姐做了个不确定的手势,勉强地朝露西娅笑了一下,离开了房间。

理查德在她走后关上门,松了一口气,然后回到妻子的身边。"唠叨,唠叨,真是唠叨!"他抱怨道,"我以为她不会走了呢。"

"她只是想表现得和善一些,理查德。"

"哦,我知道她是好心。但做得有点过头了。"

"我想她很喜欢我。"露西娅喃喃道。

"什么?哦,当然。"理查德·艾默里的声音听起来心不在焉。他站在那儿,仔细地端详着妻子。两人尴尬地沉默了一阵子。然后理查德走近露西娅,看着她说:"你确定不用我帮你拿点什么吗?"

露西娅抬头看他,勉强笑了一下。"没什么,真的,谢谢你,理查德。回餐厅去吧。我已经好多了。"

"不。"她丈夫回答,"我留下来陪你。"

"但我更想一个人待一会儿。"

一时间屋里一片寂静,理查德走到沙发后说:"垫子这样可以吗?要不要在你头底下再垫一个?"

"我这样挺舒服的。"露西娅说,"但如果能有点新鲜空气就更好了,你把窗子打开好吗?"

理查德走向落地窗,拨弄了几下搭钩。"该死!"他叫道,"老头子用特制的搭钩把它锁上了,没有钥匙打不开。"

露西娅耸耸肩。"哦,没关系。"她喃喃道,"真的没关系。"

理查德离开落地窗,在桌子旁的一把椅子上坐下。他身子前倾,胳膊轻松地放在腿上。"真有意思,那个老头子,总是发明这发明那。"

"是啊。"露西娅回答,"他一定用那些发明挣了很多钱吧?"

"多得不得了。"理查德沮丧地说,"不过吸引他的倒不是钱。这群科学家都是一样的,总是在追求些不切实际且只有他们自己感兴趣的东西。什么用高速粒子撞击原子之类的,我的老天啊!"

"但是无论怎样,你的父亲是个伟大的人。"

"我猜他是当今首屈一指的科学家。"理查德勉强承认道,"但他固执己见,别人的意见都不听。"他越说越恼怒,"他对我真是坏极了。"

"我知道。"露西娅说,"他把你关在这儿,禁锢在房子里,把你弄得像囚犯一样。为什么他让你离开军队住在这里？"

"我猜……"理查德说，"他觉得我可以在工作上帮到他。但是他应该已经知道，在那方面我一点忙都帮不上，我就是没有那根筋。"他把椅子挪向露西娅，然后身子再次前倾，"上帝啊，露西娅，有时候我真的很绝望。他有那么多钱，每一分都花在那该死的实验上了。你认为有一天他会给我属于我的东西，并且让我自由地离开这里吗？"

露西娅坐直了，苦涩地叫道："钱！什么事归根结底都是钱！"

"我就像只被蛛网抓住的苍蝇。"理查德继续说道，"无助，真是太无助了！"

露西娅恳切地看着他。"哦，理查德。"她解释道，"我也如此。"

她的丈夫警觉地看着她。理查德正要开口，露西娅又说："我也是一样的无助，我想逃走。"她忽然站起身来走向他，激动地说："理查德，看在上帝的分上，趁现在还来得及，带我走吧！"

"走？"理查德的声音空洞而又绝望，"去哪儿？"

"哪里都行。"露西娅回答，她越说越激动，"这个世界的哪儿都行！只要远离这栋房子！这才是最重要的，远离这栋房子！我很怕，理查德，我跟你说我好怕。这里到处是阴影……"她看向身后，就像可以看见什么似的，"到处都是阴影。"

理查德坐着不动。"我们没有钱怎么走？"他问道。抬头看着露西娅，然后继续痛苦地说："女人不喜欢没有钱的男人，对吗，露西娅，对吗？"

她缩了缩。"为什么你要问这个？"她问，"你是什么意思？"

理查德继续默默地看着她,他的脸紧绷着,没有表情。

"你今晚怎么了,理查德?"露西娅问他,"你似乎哪里不对劲……"

理查德站了起来:"有吗?"

"是啊,你怎么了?"

"呃……"理查德刚开口便停了下来,"没什么,什么事都没有。"

他转身要走,但是露西娅拉回了他,把手放在他肩上。"理查德,亲爱的。"他把她的手拿下来。"理查德。"她又叫道。

理查德把双手背在背后,低下头看着她,问道:"你以为我是个十足的白痴吗?你以为我没看到你那位'老朋友'今晚塞给了你一张字条吗?"

"你的意思是,你以为——"

他激烈地打断了她。"为什么你晚餐吃到一半出来了?你并不是真的头晕。这都是假装的。你想一个人读那张宝贵的字条。你都等不及了。你差点就没耐心地疯掉了,因为你摆脱不掉我们。先是卡洛琳姑姑,然后是我。"他看向她时目光冰冷,充满痛苦和怒火。

"理查德。"露西娅说道,"你才疯了。哦,太荒唐了。你不会以为我喜欢卡雷利吧?你这样想吗?真的吗?我亲爱的理查德,亲爱的,我只喜欢你。我心里没有别人,只有你。你应该知道这一点!"

理查德的眼睛盯着她,静静地问道:"字条里写了些什么?"

"没什么,真的没什么。"

"那给我看看。"

"我……我不能。"露西娅说,"我已经把它毁了。"

理查德的脸上泛过一阵冷笑。"不，你没有。"他说，"给我看看。"

露西娅沉默了片刻，她恳求地望着他，然后问道："你不相信我吗？"

"我可以从你那里抢过来。"他咬牙切齿地说，然后向她走近了一步，"我已经打算这样做了。"

露西娅身子往后缩，低声哭泣，眼睛始终盯着理查德的脸，希望他能相信她。突然间，他转过身。"不。"他说道，像是在自言自语，"我想总有些绝对不能做的事。"他转向他的妻子，"但是，上帝做证，我要去找卡雷利问个明白。"

露西娅抓住他的手臂，惊恐地哭了起来。"不，理查德，你不能，不可以。不要这么做，我求你了，别这样做。"

"你是为你的情人担心了，是吗？"理查德冷笑道。

"他不是我的情人。"露西娅激烈地反驳。

理查德抓住她的肩膀。"或许他现在还不是。"他说，"或许他……"

理查德忽然听到外面的大厅有声响，便不说话了。他努力控制着自己，走向壁炉，拿出香烟盒和打火机点了支烟。当通向大厅的门打开以后，这声音越发响了。露西娅坐到理查德刚刚坐过的椅子上，她的脸色苍白，双手紧张地握成一团。

艾默里小姐和她的侄女芭芭拉一起走了进来。芭芭拉二十一岁，是位极其时髦的年轻女士。她一边晃悠着手包，一边朝露西娅走去。"你好，露西娅，你现在好点了吗？"她问道。

第三章

芭芭拉·艾默里走近她的时候，露西娅挤出了一个微笑。"是的，谢谢你，亲爱的。"她回答道，"我已经完全好了，真的。"

芭芭拉低头看着她拥有漂亮的黑头发的堂嫂。"你不会是有什么好消息告诉理查德吧？"她问道，"是为了那个吗？"

"好消息？什么好消息？我不知道你是什么意思。"露西娅反问。

芭芭拉把手臂圈在一起，做了个摇晃的动作，像是摇婴儿一般。露西娅对芭芭拉的哑谜还以黯然一笑，然后摇了摇头。然而，艾默里小姐却惊恐地跌坐到沙发上。"你认真的吗，芭芭拉！"她责备道。

"好了。"芭芭拉说道，"意外有时候会发生的，你知道。"

她姑妈猛烈地摇着头。"我可不懂现在的年轻姑娘们变成什么样了。"她这话并不是针对谁说的，"我做年轻姑娘那会儿可不能这样轻率地谈论为人之母，我也不允许……"她听见有人打开房门就停了下来，四下一看，正好瞥见理查德离开。"你让理查德尴尬了。"艾默里小姐继续对芭芭拉说，"对此我并不感到奇怪。"

"好了，卡洛琳姑妈。"芭芭拉回答，"你是维多利亚时期的人，你知道，你出生的时候距离维多利亚女王逝世还有二十年。

你全然是那个时代的典范,而我敢说我代表我们这代人的思想。"

"毫无疑问,我觉得我那个时代好——"艾默里小姐刚一开口就被芭芭拉打断。

"我觉得维多利亚时代的人真了不起。想不到他们会告诉孩子是从醋栗树下捡来的!真是太可爱了。"

芭芭拉从手提包里摸出香烟和打火机。她点燃香烟,正要开口,艾默里小姐用手势示意她安静。"别傻了,芭芭拉。我真的非常担心可怜的露西娅。另外我也希望你别再开我的玩笑了。"

露西娅突然崩溃了,开始啜泣。她一边擦拭眼泪,一边哽咽地说:"你们都对我这么好。在来这儿之前没有人对我这么好过,直到我和理查德结婚。能和你们住在一起真是太好了。我情不自禁,我……"

"好了,好了。"艾默里小姐喃喃道。她起身走向露西娅,拍拍她的肩膀。"好了,好了,亲爱的。我知道你是什么意思,在国外长大,对一个年轻姑娘来说是多么不合适啊。没有接受良好的教育,而且那些大陆上的人在教育方面还有各种古怪的想法。好了,好了。"

露西娅站起身,疑惑地看着艾默里小姐。她任由艾默里小姐引她去长靠椅的一边坐着,艾默里小姐把垫子垫在她周围,然后坐在了她身边。"你当然会感到悲伤,亲爱的。但是你应该试着忘掉意大利。当然,意大利的湖泊在春天格外美丽,我一直这样认为。那里十分适合度假,但是没有人愿意在那里住下来。好了,好了,别哭了,亲爱的。"

"我认为她需要一些烈酒。"芭芭拉提议。她坐在咖啡桌上,盯着露西娅的脸,目光犀利却又不乏同情。"这个家糟糕透了,卡洛琳姑姑。都落伍好多年了。我从来都没见过鸡尾酒的影子。

餐前酒永远是雪利酒或威士忌，餐后则是白兰地。理查德连一杯像样的曼哈顿①都调不出来，更别提向爱德华·雷纳要杯'威士忌酸酒'②了。现在能让露西娅的精神立即振奋起来的要数'撒旦的胡须'③了。"

艾默里小姐一脸惊讶地看着她的侄女。"什么？"她惊恐地问道，"'撒旦的胡须'是什么？"

"如果你有原料的话，做起来很简单。"芭芭拉回答，"只不过是白兰地加等量的薄荷酒，但是千万不要忘了混入一点辣椒粉。这是最重要的。它简直棒极了，保证让你精力充沛。"

"芭芭拉，你知道我反对这些含酒精的兴奋剂。"艾默里小姐战栗地惊呼，"我亲爱的父亲总是说……"

"我不知道他说了什么。"芭芭拉回应道，"但是当然啦，我们家的每个人都知道亲爱的老叔公阿尔杰农有酒鬼的名声。"

起初，艾默里小姐看起来像是要气炸了，但随后她嘴角轻抽，微微一笑，只是讲了一句："男人是不一样的。"

芭芭拉不能接受这个观点。"他们没有一丁点儿区别。"她说，"或者说，无论如何我都想不同为什么他们可以不同。不过都是想逃离罢了。"她从手提包里拿出一面小镜子、一个粉盒和一支口红。"我看起来怎么样？"她自问自答，"哦，我的天啊！"然后开始用力涂抹口红。

"真的，芭芭拉。"她姑姑说道，"我真的希望你不要在嘴唇上涂那么多红色的东西，这颜色太亮了。"

---

①曼哈顿（Manhattan），一种调制鸡尾酒，最经典的鸡尾酒之一，有多种调制方法。
②威士忌酸酒（Whisky Sour），一种甜甜的刺激性的以威士忌为基础的鸡尾酒。
③撒旦的胡须（Satan's Whiskers）是一种调制鸡尾酒，创建于好莱坞的一家地下酒馆 The Embassy Club。一九三〇年哈利·克莱多克的书《Savoy Cocktail Book》里记录下了这种酒的配方。

"我也希望如此。"芭芭拉回答，继续化她的妆，"毕竟，它花了我七先令六便士呢。"

"七先令六便士！多糟蹋钱啊，就为了……为了……"

"为了这支'吻痕'，卡洛琳姑姑。"

"你说什么？"

"这支口红。它叫作'吻痕'。"

她的姑妈不赞同地吸了吸鼻子。"我当然知道。"她说，"在大风天出门待久了嘴唇会裂开，可以适当地涂一些油脂。比如，我就经常用——"

芭芭拉打断了她。"我亲爱的卡洛琳姑姑，相信我，一个女孩涂再多口红都不嫌多。毕竟，她根本不知道当她坐出租车回家的时候会掉多少。"她边说边把镜子、粉盒和口红放回手提包内。

艾默里小姐一脸困惑。"你说的'坐出租车回家'是什么意思？"她问道，"我不明白。"

芭芭拉起身走到长靠椅之后，向露西娅弯下身去。"没关系，露西娅懂得，是不是，亲爱的？"她问，然后轻轻地挠了挠露西娅的下巴。

露西娅·艾默里茫然地环顾四周。"对不起。"她对芭芭拉说道，"我没在听，你刚才说什么？"

卡洛琳·艾默里再次把注意力放在露西娅身上，然后又回到有关她身体健康的话题上来。"你知道，亲爱的。"她说，"我真的很担心你。"她的目光从露西娅转移到芭芭拉身上，"她需要一些东西帮助她提提神，芭芭拉。我们有什么呢？嗅盐当然是最理想的。倒霉的是，那个粗心的艾伦今早打扫我屋子的时候打碎了装嗅盐的瓶子。"

芭芭拉嘬着嘴想了一会儿。"我知道了。"她叫道,"医院的存货!"

"医院的存货?什么意思?什么医院的存货?"艾默里小姐问道。

芭芭拉走过来坐到姑妈旁边的椅子上。"你记得吗?"她提醒道,"埃德娜的那些东西。"

艾默里小姐面露喜色。"哦,是的,当然!"然后转身朝着露西娅说道,"我真希望你见过埃德娜,我的大侄女,芭芭拉的姐姐。她跟着丈夫去了印度。哦,是在你和理查德来之前的三个月。埃德娜是多么能干的一个姑娘啊。"

"她是最能干的。"芭芭拉坚定地说道,"她刚生了对双胞胎。不过印度没有醋栗树,我想他们一定是在一棵芒果树下捡的婴儿。"

艾默里小姐笑了一下。"闭嘴,芭芭拉。"她说。然后她转向露西娅,继续讲道:"我刚才是想说,亲爱的,埃德娜在战争期间受训成为药剂师。她在这里的医院工作。你知道,战争期间,镇上的市政厅改装成了医院。战争结束后几年,直到她结婚,埃德娜一直在乡镇医院的配药房工作。她以前对药物之类的东西非常了解,我想她现在也仍然在行。这些知识在印度一定是格外宝贵。对了,我们刚才说到哪儿了?哦,是的,她离开的时候,她的那些瓶瓶罐罐我们怎么处理了呢?"

"我记得非常清楚。"芭芭拉说,"埃德娜的许多旧物都放在一个盒子里,本应该整理后送到医院去的,可是后来大家都忘了这事,反正至少谁也没做什么。那些药就被搁置在阁楼上,直到后来埃德娜收拾行装去印度时才重见天日。就在那上边。"她指了指书架,"还没有被整理过。"

她起身把椅子放在书架前，站在上面，举起手臂，从书架顶上拿下一个黑色的马口铁盒。

露西娅喃喃道："请别麻烦了，亲爱的，我真的不需要什么。"然而，芭芭拉并不理会她，还是把盒子拿过来放到了桌子上。

"好了。"她说道，"至少我们可以看看这些东西。"接着，她打开了盒子。"哦，天啊，真是五花八门。"她一边说，一边从中拿出各种瓶瓶罐罐。"碘酒，神父牌香脂，有种叫作'强心酊剂'的东西，还有蓖麻油。"她做了一个鬼脸，"啊，这里有些好东西。"她叫起来，从盒子里拿出几支棕色的小玻璃管。"阿托品，吗啡，马钱子碱。"她一一读着标签，"小心，卡洛琳姑妈。如果你惹怒了急脾气的我，我就把马钱子碱放在你的咖啡里，你会死得很难看。"芭芭拉对姑妈做了个假装威胁的手势。艾默里小姐不屑地轻哼了一声并挥了挥手。

"好了，这里没什么可以给露西娅做补药的，这是肯定的。"她笑道，并开始把大大小小的瓶子装回马口铁盒里。正当她右手高举着一管吗啡时，通向大厅的门开了，特雷德韦尔领着爱德华·雷纳、卡雷利医生和克劳德·艾默里爵士走了进来。最先进来的是克劳德爵士的秘书爱德华·雷纳，一个年近三十的年轻人，相貌普通。他走到芭芭拉跟前，站着盯着那个盒子。"你好，雷纳先生，对毒药有兴趣？"她继续收拾着瓶瓶罐罐。

卡雷利医生也走向桌子。他四十岁左右，皮肤黝黑，穿着一身完美合身的晚礼服。他举止有礼，讲话时稍带一点点意大利口音。"这儿都有什么，我亲爱的艾默里小姐？"他询问道。

克劳德爵士在门口停下，问特雷德韦尔："你明白我的指示了吗？"然后他十分满意特雷德韦尔的回答——"完全明白，克劳德爵士。"

特雷德韦尔离开房间,克劳德爵士则走向他的客人们。

"我希望你可以原谅我,卡雷利医生。"他说道,"我必须回书房了,今晚有几封重要的信要写。雷纳,你能跟我一起吗?"于是秘书跟着他的老板一起走过通道,进了克劳德爵士的书房。就在门关上的那一刻,芭芭拉手中的试管突然掉到了地上。

第四章

卡雷利医生迅速走了过去，捡起芭芭拉掉落的试管。在礼貌地将它还给芭芭拉之前，他扫了一眼试管里的东西，大叫道："喂，这是什么？吗啡啊！"他将另一管从桌上拿起来。"还有马钱子碱！我想请问一下，亲爱的女士们，你们从哪儿得到的这些致命的小试管？"然后他开始检查马口铁盒里的物品。

芭芭拉厌恶地看着这个圆滑的意大利人。"战利品。"她简短地说道，然后微微一笑。

卡洛琳·艾默里紧张地站了起来，走向卡雷利医生。"它们并不是真的有毒，是不是，医生？我的意思是，它们没有伤到任何人，不是吗？"她问道，"那个盒子已经放在房子里很多年了。它一定是无害的，不是吗？"

"我必须要说，"卡雷利冷冰冰地回答道，"那些东西，即使只用一点点分量，粗略地讲，也可以杀死十二个强壮的男人。我不知道您认为的有害究竟指的是什么。"

"哦，好家伙。"艾默里小姐惊恐地倒抽了一口气，回到了她的椅子上，重重地坐了下去。

"这样，我举个例子。"卡雷利在众目睽睽之下继续讲道。他拿起一支试管然后慢慢阅读它的标签。"'盐酸马钱子碱：十六分之一格令①',只要七八小片,就会死得很难看,以一种极端痛苦的方式离开这个世界。"接着,他又拿起另一管,"'阿托品硫酸盐',目前很难分辨阿托品中毒和食物中毒,这也会让人死得很痛苦。"

放下手里的两支试管,他又拿起了另外一支。"哦,看这里……"他故意放慢语速接着讲道,"看,这是天仙子碱溴氢酸盐,一百分之一格令。听起来没那么厉害,是不是?但我敢保证,你只需吞下这个瓶子里一半的药片,就会……"他做了一个生动的手势,"你就什么都感觉不到了,好像迅速彻底地睡着了,什么梦都不做,但是也永远醒不来了。"他朝露西娅走过去,把试管递向她,好像要邀请她来检验一下似的。他的脸上带着笑容,但眼中并没有笑意。

露西娅紧盯着试管,好像被它给迷住了。她伸出手,以一种听起来像被催眠了的声音说话。"迅速彻底地睡着了,什么梦都不做……"她低语着,伸手去拿那支试管。

但卡雷利医生并没有给她,他用一种询问的眼神看着卡洛琳·艾默里。那位女士发着抖,看起来很惊讶,但一句话都没说。卡雷利耸耸肩,从露西娅面前转过身,手里仍然握着那支装着天仙子碱溴氢酸盐的试管。

通往大厅的门被打开,理查德·艾默里进来了。他不做声,走到桌边坐在旁边的凳子上。特雷德韦尔跟在他身后,端着托盘,上面放着一大罐咖啡,许多只杯子和茶碟。特雷德韦尔在咖啡桌上放下托盘,就离开了房间。这时露西娅走过来开始倒咖啡。

---

①格令,英美制最小重量单位,约为零点零六四八克。

芭芭拉走向露西娅,从托盘上拿了两杯咖啡,然后走向理查德,给了他一杯,把另一杯留给了自己。卡雷利医生忙着把那些试管放回中间桌子上的马口铁盒内。

"您知道,"艾默里小姐对卡雷利说道,"您讲的那些迅速地无梦酣睡和难受的死亡之事真是让我毛骨悚然啊,医生。我猜,作为一个意大利人,您对毒药很了解吧?"

"亲爱的女士,"卡雷利笑了起来,"您难道不觉得这样说极其不公平吗,这种不合逻辑的理论?为什么意大利人就要比英国人更了解毒药呢?我以前也听到过这样的说法。"他继续戏谑地说,"人们常说毒药是女人的武器,而不是男人的。那么或许我该问问您?哦,大概,亲爱的女士,您想说的是意大利女人?或许您想说的是某个波吉亚家族①的人,是吗,嗯?"他从露西娅那儿的咖啡桌上端走了一杯咖啡,然后把它给了艾默里小姐,之后又转回去为自己端了一杯。

"哦,卢克雷齐娅·波吉亚②,那个可怕的人!是的,我想我正是想到她了。"艾默里小姐承认道,"当我还是一个小孩子的时候,我常常会做噩梦梦到她。她面色苍白,个子很高,有一次像我们亲爱的露西娅那样的黑发。"

卡雷利医生拿着装糖的小碗走向艾默里小姐,她摇摇头拒绝了,卡雷利就把碗放回咖啡托盘内。理查德·艾默里放下咖啡,从桌上拿起一本杂志浏览起来,这时他的姑妈继续展开她的波吉亚话题。"是的,我过去常做一个可怕的噩梦,"艾默里小姐说,

---

① 波吉亚家族是十五和十六世纪影响整个欧洲的西班牙裔意大利贵族家庭,家族成员以喜欢用毒著称。
② 卢克雷齐娅·波吉亚(Lucrezia Borgia, 1480—1519),罗马教皇亚历山大六世(Alexander VI, 1429—1503年在位)与其情妇瓦诺莎·卡塔内(Vannozza dei Cattanei, 1442—1518)的私生女。以美貌著称,与其兄有不伦之恋。

"在挤满了大人的房间里我是唯一的小孩，他们所有人都用精致的高脚杯喝着酒。这时，这位迷人的女士，现在我想起来了，她确实看起来长得很像你，亲爱的露西娅，她会走近我，然后硬要把一只高脚杯塞给我。不知道为什么，从她微笑的样子我可以判断我不应该喝，但我知道我不可能拒绝。不知怎么回事，她催眠了我，让我喝下了，然后我开始觉得喉咙里有种可怕的烧灼感，我发现自己得挣扎着呼吸。然后，当然，我就醒了。"

卡雷利医生朝露西娅靠近，站在她前面，讽刺地鞠了一躬。"我亲爱的卢克雷齐娅·波吉亚。"他恳求道，"怜悯一下我们所有人吧。"

露西娅并不理会卡雷利的笑话。她看起来像是根本没听见一样。沉默接踵而来。卡雷利医生笑了笑，然后转过身不看露西娅，喝了一口咖啡，接着把杯子放在中间的桌子上。芭芭拉快速地喝完了自己的咖啡，意识到需要改变一下气氛。"我们来一曲如何？"她建议道，然后走向留声机，"来看看我们有什么呢？有几天前我从镇上买的绝妙的唱片。"然后她开始边唱边跳爵士舞。"'艾琪……哦，哎呀……你都穿了什么？'或者那儿还有什么唱片？"

"哦，亲爱的芭芭拉，不要听这首粗俗的曲子。"艾默里小姐恳求道，然后走向芭芭拉，帮助她寻找唱片，"这里有很多更好的唱片，如果我们非要听流行音乐的话，这里有一些约翰·麦考马克[①]的动人曲子。或者听《圣城》，我不记得那个女高音的名字了。为什么不听听梅尔巴[②]的唱片呢？哦，啊，是的，这是亨

[①] 约翰·麦考马克，爱尔兰裔美国籍歌剧、音乐会男高音。他演唱过众多歌剧男高音主角和《慈母颂》《我听见你叫我》等歌曲。
[②] 内利·梅尔巴(1861-1931)，澳大利亚花腔女高音歌唱家。曾在英国、法国、美国各地演出，成为享有国际盛誉的歌剧明星。

德尔[1]的《广板》[2]。"

"哦,别开玩笑了,卡洛琳姑姑。听亨德尔的慢曲我们不太可能会高兴。"芭芭拉抗议道,"这里有一些意大利歌剧,如果坚持要听古典乐曲的话。过来,卡雷利医生,这是你们国家的,来帮我们挑一个。"

卡雷利只好加入,与芭芭拉和艾默里小姐一起,在留声机旁的一堆唱片中找了起来。理查德似乎在全神贯注地看杂志。

露西娅起身,慢慢地移动,漫无目的地走向房子中间的桌子,然后扫了一眼马口铁盒。接着小心确认没有人注意她后,她从盒子里拿走了一支试管然后阅读上面的标签:"天仙子碱溴氢酸盐。"打开试管,露西娅几乎把里面所有的药片都倒在了手掌中。此时,克劳德爵士的书房门打开了,他的秘书爱德华·雷纳出现在门口。露西娅并不知道,雷纳看到了她把试管放回马口铁盒中的举动。

这时,克劳德爵士的声音从书房传来。虽然听得不是很清楚,但是雷纳转身回应了他,说道:"是的,当然,克劳德爵士。我现在就给你端咖啡过去。"

秘书正要进阅览室的时候,克劳德爵士叫住了他:"还有,那封给马歇尔家的信怎么样了?"

"下午邮差已经送走了,克劳德爵士。"秘书回答。

"可是雷纳,我跟你说过——哦,到这里来,年轻人。"克劳德爵士在书房大声说道。

"抱歉,先生。"雷纳边说边从门口退去,再次进入了克劳

---

[1] 乔治·弗里德里希·亨德尔(1685—1759),英籍德国作曲家。
[2] 《广板》,亨德尔于一七三八年春在伦敦写了一部题为"西尔斯"的意大利式歌剧,同年四月五日首演于皇家剧院。歌剧第一幕第一场中,西尔斯唱了一段咏叹调,因原唱段标有"广板"的速度记号,故名。

德·艾默里爵士的书房。露西娅听见秘书的声音后转身看他，似乎不知道秘书一直在观察着她的一举一动。她转身背对着理查德，把手中的药片放入咖啡桌上的一只咖啡杯中，然后走向前面的长靠椅。

留声机突然传出轻快的狐步舞曲。理查德·艾默里放下正在阅读的杂志，迅速地喝完咖啡，把杯子放到中间的桌子上，然后走向妻子。"我相信你。我决定了。我们一起走吧。"

露西娅惊讶地看着他。"理查德。"她轻声地说，"你真的这样想吗？我们可以从这里逃走？但我在想你之前说过的话，我们从哪里弄钱呢？"

"总有方法可以弄到钱。"理查德冷冷地说。

露西娅的声音中透露着一丝恐慌。"你这是什么意思？"

"我的意思是……"她丈夫说，"当一个男人像我一样在乎你的时候，他可以做任何事，任何事！"

"听你这样说我并不高兴。"露西娅回答，"这只是告诉我你仍然不信任我，你觉得你必须收买我的爱，用……"

她停了下来，然后环顾四周。这时通往书房的门被打开，爱德华·雷纳回来了。雷纳走到咖啡桌旁边并拿起了一杯咖啡，这时露西娅换了位置，移到了长靠椅的另一端。理查德已经心绪不宁地踱到了壁炉旁，盯着没有点火的壁炉。

芭芭拉开始一个人跳着狐步舞，并盯着她的堂兄理查德，似乎在考虑要不要邀请他跳舞。但很明显，芭芭拉被他冷漠的表情拒绝了，她转向雷纳。"想跳舞吗，雷纳先生？"她问道。

"我十分愿意，艾默里小姐。"秘书回答道，"只是需要等一下，我要给克劳德爵士送咖啡。"

露西娅突然从长靠椅上站了起来。"雷纳先生。"她急切地说道,"那不是克劳德爵士的咖啡,你拿错杯子了。"

"我拿错了吗?"雷纳说,"真是抱歉。"

露西娅从咖啡桌上拿起另一杯咖啡,递给雷纳。他们交换了杯子。"这一杯,才是克劳德爵士的咖啡。"露西娅把杯子递给雷纳时说。她神秘地笑了笑,把雷纳给她的咖啡放到咖啡桌上,回到长靠椅上。

秘书背对着露西娅,从口袋里拿出了一些药片,放入他手上的杯子里。当他端着咖啡走向书房门时,芭芭拉拦住了他。"快来跟我跳舞啊,雷纳先生。"她恳求道,带着她最迷人的笑容,"我盛情邀请过卡雷利医生,但我看得出来他只想和露西娅跳舞。"

在雷纳犹豫不决的时候,理查德·艾默里走了过来。"投降吧,雷纳。"他建议道,"每个人最终都会投降的。来,把咖啡给我,我会把它给父亲的。"

雷纳不情愿地把咖啡杯交给了他。理查德转过身来,停顿了一小会儿,然后走进了克劳德爵士的书房。芭芭拉和爱德华·雷纳先是把留声机上的唱片翻了一面,然后慢慢相拥跳起华尔兹来。卡雷利医生面带笑容看了他们一小会儿,然后走向露西娅。她面带沮丧,仍然坐在长靠椅上。

卡雷利对她说:"艾默里小姐真是太好了,能允许我和你们一起过周末。"

露西娅看着他。有一阵子她没有说话,但最后还是说了一句:"她是最善良的人。"

"这房子是多么吸引人啊。"卡雷利走到长靠椅背后,继续说道,"你有空一定要带我四处参观一下。我对这个时代的私人建筑十分感兴趣。"

当他说话的时候,理查德·艾默里从书房里出来。他没有理会他的妻子和卡雷利,而是径直走向中间桌子上装药的盒子,然后开始整理里面的东西。

"艾默里小姐可以比我告诉你更多有关这栋房子的事。"露西娅告诉卡雷利,"我知道的很少。"

卡雷利先是四下观望了一会儿,确定理查德·艾默里在忙于收拾药品,爱德华·雷纳和芭芭拉仍然在远处跳舞,卡洛琳·艾默里看起来像在打盹后,走到长靠椅前,在露西娅旁边坐下,用急切的语气小声喃喃道:"你按照我说的做了吗?"

露西娅用更小的声音,几乎是耳语,绝望地说道:"您一点同情心都没有吗?"

"你有没有按照我说的做?"卡雷利坚持问道。

"我……我……"露西娅开始说,接着颤抖地站了起来,突然转身迅速走向通往大厅的门。但转动手柄后,她发现门打不开。

"这门有问题。"她大声说道,转身面向其他人,"我没办法打开它。"

"怎么回事?"芭芭拉说,仍然继续和雷纳跳舞。

"我打不开这扇门了。"露西娅重复道。

芭芭拉和雷纳不再跳舞了,他们走到门边。理查德·艾默里走到留声机旁把它关掉,然后也走到他们旁边。他们轮流尝试把门打开,但都没有成功。艾默里小姐看着他们,这时她已经醒了,但仍然坐在那里,卡雷利医生站在书架旁。

克劳德爵士手持咖啡出现在他的书房门口,没有人注意到他。他站了片刻,看着众人围着通往大厅的门。

"这真是少见。"雷纳大喊道,放弃开门的尝试,转向其他人说,"看起来像是卡住了。"

克劳德爵士的声音传来,让所有人都吃了一惊。"哦,不,不是卡住了,是被锁上了。从外面锁上的。"

他姐姐站起来向他走去,正要说话,却被他先发制人。"是我命人锁起来的,卡洛琳。"他对她说道。

克劳德爵士走到咖啡桌旁,所有人的眼睛都盯着他。他从碗里拿出一块糖,放到他的杯子里。"我有些事要对你们所有人说。"他对这群人宣告,"理查德,你能按铃叫一下特雷德韦尔吗?"

他的儿子看起来好像想说些什么。然而,在短暂的停顿后,理查德走向壁炉,按响了旁边墙上的铃。

"我建议所有人都坐下来。"克劳德爵士对椅子做了个手势。

卡雷利医生皱着眉头,穿过房间坐到了凳子上。爱德华·雷纳和露西娅·艾默里也都给自己找了张椅子,理查德·艾默里选择坐在壁炉前,他看起来有点迷惑。卡洛琳·艾默里和她的侄女坐到了长靠椅上。

在所有人都舒服地坐好后,克劳德爵士把扶手椅搬到一个很容易观察到其他所有人的位置,坐下了。

这时左边的门开了,特雷德韦尔走进来。

"您叫我,克劳德爵士?"

"是的,特雷德韦尔。你打通我给你的那个号码了吗?"

"是的,先生。"

"答案令人满意吗?"

"非常满意,先生。"

"派车去车站了吗?"

"是的,先生。已经派车去接客人了。"

"非常好，特雷德韦尔。"克劳德爵士说道，"你现在可以锁门了。"

"好的，先生。"特雷德韦尔应道，然后便离开了。

男管家关上门后，传来了钥匙在锁里转动的声音。

"克劳德！"艾默里小姐大叫道，"特雷德韦尔到底在想什么？"

"特雷德韦尔正遵照着我的指示做事，卡洛琳。"克劳德爵士严厉地打断了她的话。

理查德·艾默里对他的父亲说道："我们可以问问这样做的意图吗？"是冷冰冰的质问。

"我正准备解释。"克劳德爵士回答道，"请冷静地听我讲，你们所有人。首先，正像你们已经发现的那样，这两扇门……"他指着阅览室通往大厅方向的两扇门，"从外面锁起来了。从我书房到大厅，除了经过这个房间，没有别的出路。落地窗也锁上了。"他转向卡雷利，解释道，就像在做注释，"门，实际上是用我自制的一种专门装置锁上的，我的家人知道家里有这种装置，但他们并不知道怎样解除它。"克劳德爵士再次转向所有人，继续说道："这地方是个捕鼠器。"他看向手表，"现在离九点还有十分钟。九点过几分后，捕鼠人就会到了。"

"捕鼠人？"理查德·艾默里一脸困惑，"什么捕鼠人？"

"一个侦探。"这位有名的科学家呷了口咖啡，冷冷地解释道。

第五章

大家对克劳德爵士的话感到惊愕。露西娅低声惊叫了一下,她的丈夫死盯着她。艾默里小姐则尖声大叫。芭芭拉也"哎呀!"地喊出声来。爱德华·雷纳徒劳地插了一句:"呃,我说,克劳德爵士!"只有卡雷利医生看起来镇定自若。

克劳德爵士坐在扶手椅上,右手端着杯子,左手拿着杯碟。"看来我还是起了点作用。"他满意地观察着大家。喝完咖啡后,他把咖啡杯和杯碟放在了桌子上,表情痛苦。"今晚的咖啡不同寻常的苦。"他抱怨道。

他的姐姐表情愤怒,她认为这是对她做的咖啡的诋毁和中伤,同时她还觉得这是对她做家务能力的直接批评。正当她想说点什么的时候,理查德·艾默里说话了。"什么侦探?"他问父亲。

"他叫赫尔克里·波洛。"克劳德爵士回答,"比利时人。"

"但是为什么呢?"他坚持问道,"您为什么要叫他来?"

"问得好。"他父亲阴沉地冷笑道,"现在我们切入正题。过去的一段时间,就像你们所知道的那样,我参与了一个原子核研究项目。我研制出了一种新型炸弹,它的威力十分巨大,以至于迄今为止的任何武器和它相比,威力都如同儿戏。这些你们基本都已经知道了。"

卡雷利很快地站了起来。"我不知道。"他急切地叫道,"我很有兴趣听一听。"

"真的吗,卡雷利医生?"克劳德爵士抛出一个看似老套而毫无意义的问题,但却别有用心。卡雷利有些尴尬地重新坐下。

"正如我所说……"克劳德爵士继续说道,"迄今为止我们的武器最多可以杀死数以千计的生命,而'亚摩利人'的威力,就是我说的那种炸弹的威力,可以杀死数十万人。"

"多么可怕啊!"露西娅战栗地惊叫道。

"我亲爱的露西娅。"她的公公微笑着对她说道,"事实并不可怕,反而很有趣。"

"但是为什么……"理查德问道,"你为什么告诉我们这些事情?"

"因为这段时间以来,我有理由相信,我们的一位家庭成员试图偷走它。我邀请波洛先生这周末来我们家,以便让他周一将方程式带回伦敦,然后亲自交给国防部的官员。"

"但是,克劳德,这太荒谬了。这是对我们的侮辱。"卡洛琳·艾默里抗议道,"你不会真的怀疑——"

"我还没说完呢,卡洛琳。"她的弟弟打断了她,"并且我向你保证我讲的话一点也不荒谬。我重复一遍,我原本邀请赫尔克里·波洛明天到我们家来,但我不得不更改计划,让波洛先生今晚迅速从伦敦赶到这里。我这样做是因为……"

克劳德爵士停顿了一下。再次开始讲话时他放慢了速度,故意强调道:"因为……"他再次扫视在场聚集的所有人,"那个方程式,写在一张普通的纸上,装在一个长信封里,在今天晚餐前,被人从我书房的保险柜里偷走了。是这个房间里的人偷了它!"

这位著名科学家的发言引发了大家惊讶的喊叫,在房间里引起了一片骚乱。大家开始你一言我一语。"偷方程式?"卡洛琳·艾默里问道。

"什么?从保险柜里?不可能!"爱德华·雷纳叫道。

众人喋喋不休的时候,卡雷利医生却一言不发,他仍然坐在自己的位置上,脸上露出深思的表情。然而,其他人直到克劳德爵士重新开口才安静下来。

"我对我所讲的事情十分确定,这是我的习惯。"他断然对听众们说道,"事实上,七点二十的时候,我将方程式放进了保险柜。我离开书房的时候,雷纳进去了。"

不知道是因为尴尬还是生气,秘书红着脸说:"克劳德爵士,真的,我得抗议……"

克劳德爵士摆了摆手,制止了他。"雷纳留在书房里。"他继续说道,"他一直在那里工作,直到卡雷利医生出现在门口。雷纳和他打了声招呼后离开了,留下卡雷利一人在书房。雷纳准备去通知露西娅……"

"我抗议,我……"卡雷利开口道,克劳德爵士又给了他一个让他沉默的手势,然后继续他的叙述。

"雷纳刚走进这个房间就碰见了我的姐姐卡洛琳,以及芭芭拉。他们三人一直待在这个房间里,后来卡雷利医生也来了。其中卡洛琳和芭芭拉没有进过书房。"

芭芭拉看了一眼她的姑姑,然后对克劳德爵士说:"恐怕关于我们行踪的信息,您说得不太准确,克劳德叔叔。"她说道,"我不能被排除在嫌疑人的名单之外。您还记得吗,卡洛琳姑姑?您曾派我去书房寻找一根织衣服的针,您说您忘记放到哪儿了,想知道它是不是在书房里。"

这位科学家无视侄女的打断，继续说道："之后理查德又进了书房。他独自走进书房，然后在里面待了几分钟。"

"我的天啊！"理查德叫道，"真的吗，父亲，您肯定不会怀疑是我偷了您那可怜的方程式吧？不会的，对吗？"

克劳德爵士直视自己的儿子，意味深长地回复道："那张纸值很多钱呢。"

"我看出来了。"他儿子也直视着他说，"您的意思是我正欠着债，是不是？"

克劳德爵士没有回答，他的目光在其他人身上扫了一遍，然后继续说："如我刚刚所说，理查德在书房里待了几分钟。然后他来到这个房间，露西娅刚好也走了进来。几分钟后，晚餐宣布开始，但没过一会儿露西娅就离席了，我在书房找到了她，她当时正站在我的保险柜旁边。"

"爸爸！"理查德喊道。他走到妻子身边，用手护着她。

"我重复一遍，在保险柜旁边。"克劳德爵士坚定地说道，"她看起来十分不安，我问她怎么了，她告诉我她不太舒服。我建议她喝杯酒，或许对她有好处。然而她告诉我自己没事了，让我允许她回去继续享用晚餐。我没有跟随露西娅一起回餐厅，而是留在我的书房里。不知道为什么，总有一些直觉促使我去看一眼保险柜。于是我发现，装有方程式的信封消失了。"

一片寂静，没人说话。严肃压抑的氛围似乎笼罩着每一个人。然后，理查德说话了。"爸爸，您是怎么知道我们所有人的行踪的？"

"通过思考，当然也通过观察和推理，通过我的亲眼所见，也有一些是我从特雷德韦尔那里问到的。"克劳德回答说。

"我注意到你没有将特雷德韦尔或者任何仆人当作嫌疑人，

克劳德。"卡洛琳·艾默里辛辣地讽刺道,"只有你的家人。"

"我的家人,还包括我们的客人。"她弟弟纠正道,"卡洛琳,很简单,我已经很满意地确定,从我放好方程式到发现它丢失的这段时间里,特雷德韦尔和其他的仆人都没有进过书房。"

他依次看向他们所有人,然后说道:"我希望你们都是清白的。无论是谁拿走了方程式,现在一定还揣在身上。我们吃完晚饭过来后,餐厅已经被彻底搜查了一遍。如果那张纸在那儿,特雷德韦尔肯定会告诉我的。现在,正如你们所看到的,我要保证没有人有机会离开这个房间。"

接着是一片紧张的沉默,卡雷利医生打破沉默,礼貌地问道:"克劳德爵士,您的建议是,接下来,我们全都要被搜身吗?"

"我可没这个意思。"克劳德爵士回答,然后看了看表,"现在离九点还差两分钟,赫尔克里·波洛马上就到克里夫镇,有人在那里接他。九点整,特雷德韦尔会按照我的命令关掉地下室的电源总开关。我们将在黑暗中待上一分钟,只有一分钟,当灯再次点亮的时候,我将不再管这件事。赫尔克里·波洛会马上出现在这里,他会负责处理这件事情。但是如果有人在黑暗中把那个方程式放到了这里……"克劳德爵士在桌子上拍了一下,"那么我会通知波洛先生我搞错了,用不着他帮忙了。"

"这真是太粗暴了。"理查德激动地说道,他看了看周围的人,"依我说,我们必须接受搜查,我很愿意这样做。"

"当然,我也是。"爱德华·雷纳匆忙说道。

理查德·艾默里直勾勾地望着卡雷利医生。这位意大利人笑着耸耸肩道:"还有我。"

理查德又把目光转向他的姑姑。"非常好,如果我们必须这样做的话，那就这样吧。"艾默里小姐嘟囔道。

"露西娅？"理查德转身向他的妻子问道。

"不，不，理查德。"露西娅喘着气回答道，"你父亲的计划是最好的。"

理查德默默地看了她一会儿。

"好了吗，理查德？"克劳德爵士询问道。

理查德先是回应了一声重重的叹息，接着他讲道："非常好，我同意。"然后看向他的堂妹芭芭拉，后者做了一个同意的手势。

克劳德爵士重重地躺到自己的椅子上，把声音拖得又慢又长。"这咖啡的味道还在我的嘴里。"他说道，然后打了个哈欠。

壁炉架上的钟敲响了，所有人都在听，房间里安静了下来。爵士慢慢地从椅子上转个身，然后径直看着他的儿子理查德。九点的最后一下钟敲完之后，灯突然熄灭了，房间顿时漆黑一片。

然后传来了一些吸气的声音，女人们发出令人窒息的喊叫，艾默里小姐的声音清晰可闻："我一点都不在乎这一切。"

"请您安静点，卡洛琳姑姑。"芭芭拉命令道，"我正试着去听。"

接着是一片寂静，随之而来的是沉重的呼吸声，还有纸张发出的沙沙声。再次安静下来之前，大家都听到了一阵金属的叮当声，某种东西被撕开的声音，以及一声巨响，一定是有椅子被撞倒了。

露西娅突然尖叫起来："克劳德爵士！克劳德爵士！我再也无法忍受了，我需要灯光。来人啊，求你们了！"

房间内仍然一片漆黑。一阵深深的吸气声响起，通向大厅的门外响起了响亮的敲门声。像是回应一般，灯突然亮了起来。

理查德站在门边，他明显拿不定主意是否该去开门。爱德华·雷纳站在他的椅子旁边，椅子已经翻倒了。露西娅靠在椅子上，好像晕过去了一样。

克劳德爵士紧闭双眼，纹丝不动地坐在他的扶手椅上。他的秘书指着雇主旁边的桌子，大声地说："看，那个方程式！"

在克劳德爵士旁边的桌上，放着一个跟爵士之前所描述的一样的长条形信封。

"感谢上帝！"露西娅叫道，"感谢上帝！"

这时，又是一阵敲门声，门缓缓地开了。当特雷德韦尔领进一个陌生人时，所有人的注意力都转到了门口，之后特雷德韦尔便退了下去。

大家都盯着那个陌生人。站在他们面前的是一位长相奇特的矮个子男人，差不多只有五英尺四英寸那么高，但威严极了。他的头和鸡蛋的形状类似，正像寻味的小猎狗一样歪着。他的胡子十分硬挺和军事化，穿着整洁。

"赫尔克里·波洛，为各位效劳。"那个陌生人说道，然后鞠了一躬。

理查德·艾默里伸出手来，"波洛先生。"他边说边和波洛握了握手。

"您是克劳德爵士？"波洛问道，"哦，不，您显然太年轻了，当然。您也许是他的儿子吧？"他走过理查德身边来到房间的中央，他后面还跟了一个高高的，军人风姿的中年男子，后者也谦恭地走了进来。当他走到波洛身边时，侦探宣布道："我的同事，黑斯廷斯上校。"

"多舒适的房间啊！"黑斯廷斯一边和理查德·艾默里握手，一边讲道。

理查德转身面向波洛。"很抱歉，波洛先生。"他说，"恐怕我们把您叫到这里来只是一个误会，现在已经不需要您的帮助了。"

"真的吗？"波洛答道。

"是的，真对不起。"理查德继续说，"把您大老远的从伦敦拉到这里来真是糟糕透了。当然，您的费用……和酬劳……我的意思是……呃，这个当然好说……"

"我完全理解。"波洛说，"不过我现在对费用和酬劳倒不感兴趣。"

"不感兴趣？那是什么……呃……"

"我对什么感兴趣，艾默里先生？我会告诉您的。只是有一个小小的问题，当然，这不重要。但是是您父亲邀请我来的，为什么不是他亲自跟我说我该走了呢？"

"哦，当然，对不起。"理查德说道，然后转向克劳德爵士，"父亲，您能告诉波洛先生我们不再需要他的任何帮助了吗？"

克劳德爵士没有回答。

"父亲！"理查德喊道，他快步走到克劳德爵士的扶手椅旁，弯下腰去看着他的父亲，然后失控地转身。"卡雷利医生！"他叫道。

艾默里小姐站了起来，脸色苍白。卡雷利飞快地走到爵士身前，给他把脉。之后他皱起眉头，把手放在克劳德爵士的胸口，然后摇了摇头。

波洛慢慢地走到扶手椅旁，站在那里看着科学家一动不动的身体。"是……是的……恐怕……"他自言自语地说，"他恐怕……"

"恐怕什么？"芭芭拉走向他问道。

波洛看着她说："恐怕克劳德爵士让我来得太晚了，小姐。"

第六章

　　赫尔克里·波洛话音一落，大家便陷入惊恐的沉默之中。卡雷利医生继续对克劳德爵士做了一会儿检查，然后站起身来，转向众人。他对理查德·艾默里确认道："恐怕你父亲已经死了。"
　　理查德难以置信地盯着医生，看起来似乎无法接受医生的话。"天啊……怎么会这样？心力衰竭吗？"他问道。
　　"我、我想是的吧。"卡雷利稍有迟疑地答道。
　　芭芭拉走到她姑姑面前安慰她，因为艾默里小姐看样子快昏过去了。爱德华·雷纳也走了过来，帮忙扶住艾默里小姐，然后轻轻地对芭芭拉说："我在想那家伙真的是个医生吗？"
　　"是的，不过是个意大利医生。"芭芭拉喃喃地回答，然后和他一同把艾默里小姐扶到了一张椅子上。听到芭芭拉的话语，波洛使劲地摇了摇头。接着，他小心翼翼地摸了摸他那浓密的胡子，微笑着温柔地评论道："我呢，是个侦探，不过是个比利时侦探。但是，小姐，我们外国人偶尔也是能掌握真理的。"
　　芭芭拉看上去有点尴尬。她和雷纳继续交谈了一会儿，这时露西娅走到波洛面前，牵住他的手，把他拉到了一边。
　　"波洛先生。"她上气不接下气地力劝他道，"您必须留下来！您不可以让他们赶您走。"
　　波洛平静地注视着她，表情冷漠地问道："您真心希望我留下来吗，夫人？"

"对，对。"露西娅答道。她紧张地看着克劳德爵士的尸体——他还直直地坐在扶手椅上。"这一切都有问题。我公公的心脏很正常。真的，像我说的那样，很正常。求您了，波洛先生，请您务必查清到底发生了什么。"

卡雷利医生和理查德·艾默里仍然在爵士的尸体旁边徘徊。理查德沉浸在犹豫不决的痛苦中，看起来被吓得呆住了。"艾默里先生，我建议……"卡雷利医生说，"您应该请您父亲的私人医生来一趟。我想他应该有吧？"

理查德努力站起身来。"什么？哦，对。"他回答道，"格拉汉姆医生，年轻的肯尼斯·格拉汉姆。他在村里有间诊所。其实，他喜欢我的堂妹芭芭拉。我是说……对不起，这不相干，对吧？"他看着屋子那头的芭芭拉，问她，"肯尼斯·格拉汉姆的电话号码是多少？"

"克里夫镇五号。"芭芭拉告诉他。

理查德来到电话前，拿起听筒，呼叫号码。他正等着接听的时候，爱德华·雷纳想起了自己的秘书职责，问理查德："您认为我该为波洛先生叫辆车吗？"

波洛抱歉地摊开双手。他正要开口，露西娅抢先说道："波洛先生得留下来，这是我的要求。"她向大家宣布。

理查德手中仍然握着听筒贴着耳朵，身子却忽然转了过来，像是受到了惊吓。"你这是什么意思？"他不客气地问他的妻子。

"是的，是的，理查德，他必须留下来。"露西娅坚持道。她的声音几乎歇斯底里了。

艾默里小姐惊恐地抬起头来，芭芭拉和爱德华·雷纳彼此交换了一下忧虑的眼神。卡雷利医生站在那里，若有所思地低头看着大科学家毫无生气的尸体。而黑斯廷斯呢，心不在焉地翻了翻书架上的书，又转回来观察着大家。

理查德正要回应露西娅的歇斯底里，然而他的注意力又转移到了电话上。"哦，哪位……是格拉汉姆医生吗？"他问，"肯尼斯，我是理查德·艾默里。我父亲的心脏突然发病了，你能立刻过来吗？好，其实我想即使你来了也没什么能做的……是的，他死了……不……恐怕是这样……谢谢。"他放下听筒，穿过房间来到妻子面前，用颤抖的声音小声说道："露西娅，你疯了吗？你做了什么？你不明白我们得摆脱这个侦探吗？"

露西娅气愤地从椅子上跳了起来。"你什么意思？"她问理查德。

他们的交锋安静而急促地继续着。"你没听到父亲说的吗？"他的语气意味深长，接着喃喃地说道，"咖啡很苦。"

露西娅似乎还不太明白。"咖啡很苦？"她重复着，然后迷惑不解地看了理查德一会儿。忽然，她惊恐地叫了起来，不过又马上忍住了。

"你明白了？你现在懂了吗？"理查德问道。他把声音压低到耳语的程度，又补充道："他被毒死了。明显是被家中的某个成员毒死的。你不想招惹骇人的丑闻吧，嗯？"

"哦，天啊。"露西娅喃喃道，眼睛直直地盯着前方，"哦，仁慈的上帝。"

理查德转过身，走向波洛。"波洛先生……"他开口说道，又犹豫起来。

"怎么，先生？"波洛礼貌地问道。

理查德终于下定了决心，继续说道："波洛先生，我想，我不是很清楚我妻子究竟想让您调查什么。"

波洛思考了一会儿，然后微笑着答道："我们可以说是文件的失窃吧？是这位小姐告诉我的。"他指着芭芭拉，又说，"这就是我被叫来的原因吧？"

理查德向芭芭拉投去责备的目光，对波洛说："相关文件已经被还回来了。"

"是吗？"波洛问道，他的笑容变得更加神秘了。这个小个子侦探突然吸引了在场所有人的注意力，他走到屋子中央的桌子前，查看仍然躺在桌上的信封。因为克劳德爵士的死引起了大家的震惊与骚乱，这信封都快被人遗忘了。

"您是什么意思？"理查德·艾默里问赫尔克里·波洛。

波洛夸张地捻了捻他的胡子，小心地掸去袖子上一丝假想的灰尘。"这不过是我的一个无疑有些愚蠢的想法。"小个子侦探终于回答道，"您瞧，有人给我讲过一个很有趣的故事，空瓶子的故事，瓶子里什么也没有。"

"很抱歉，我听不懂。"理查德·艾默里断言。

波洛从桌上捡起信封，喃喃地说："我只是好奇……"他扫了一眼理查德，后者从他手中拿过信封，朝里面看去。

"是空的！"理查德叫道。他把信封捏成一团，扔在桌子上，目光锐利地看着离他而去的露西娅。"既然如此……"他迟疑地说道，"我想我们必须接受调查……我们……"

理查德的声音渐渐消失，他环顾房间，仿佛在寻找线索。他看到芭芭拉和艾默里小姐一脸迷惑，爱德华·雷纳眼神愤怒，卡雷利医生则表情淡然。而露西娅仍旧躲避着他的视线。

"您何不听听我的建议，先生？"波洛建议道，"在医生来之前什么都别做。告诉我……"他指着书房的方向问道，"那个门，通向哪里？"

"通向我父亲的书房。"理查德告诉他。波洛穿过房间走到那扇门边,探头看了看书房,又转回到房间里,点了点头,看似很满意。

"我明白了。"他喃喃地说,又对理查德补充道:"好的,先生。如果你们不愿意再继续待在这里的话,我看各位已经没有留在这个房间里的必要了。"

房间里众人的心情稍稍放松了些。卡雷利医生率先动了动。"当然,你们应该理解……"波洛说道,然后看向这位意大利医生,"任何人都不得离开这栋房子。"

"我会亲自负责这件事。"理查德宣布道。芭芭拉和雷纳一同离开了屋子,接着是卡雷利。卡洛琳·艾默里靠在弟弟的椅子旁。"可怜的克劳德啊。"她喃喃自语,"可怜的克劳德。"

波洛走近她。"您得鼓足勇气,小姐。"他对她说,"我知道这对您来说是沉重的打击。"

艾默里小姐泪眼蒙眬地看着他。"我很高兴今晚让厨子准备的是炸板鱼。"她说,"这可是我弟弟最喜欢吃的菜之一。"

波洛努力让自己看起来严肃一点,来配合她所表露的庄重,他回复道:"对,对,这对您真是个慰藉,我敢肯定。"他把艾默里小姐护送出房间。理查德也跟着他的姑姑出去了。露西娅犹豫了一会儿,也爽快地退了出去。只有波洛和黑斯廷斯留在了房间里,和克劳德爵士的尸体待在一起。

第七章

当房间里没有其他人时,黑斯廷斯急切地向波洛问道:"所以,你怎么看?"

"请关好门,黑斯廷斯。"这是黑斯廷斯收到的唯一回答。黑斯廷斯照他所说关上房门,而波洛缓缓摇头,环顾整个房间。他在房间里走来走去,查看着家具,偶尔低头看看地板。突然,他弯下腰去检查一把碰翻的椅子,这是灯灭时爱德华·雷纳坐的那把。在椅子下面,波洛捡到了一个小小的东西。

"你找到了什么?"黑斯廷斯问。

"一把钥匙。"波洛答道,"在我看来好像是把保险柜的钥匙,我看到克劳德爵士的书房里有个保险柜,黑斯廷斯,你能帮我试试这把钥匙是否能打开吗?"

黑斯廷斯从波洛手里拿过钥匙,走进了书房。与此同时,波洛则走近尸体,摸了摸裤兜,从里面掏出一串钥匙,仔细检查了一下。黑斯廷斯返回后,告诉波洛那把钥匙的确是书房里保险柜的钥匙。"我想我知道发生了什么。"黑斯廷斯接着说道,"我想克劳德爵士一定丢了钥匙,然后……呃……"

他停了下来,波洛缓缓地摇了摇头,疑惑地说道:"不,不,我的朋友,请把钥匙给我。"他要求道,皱着眉头好像有些不知所措。他从黑斯廷斯那里接过钥匙,把它和钥匙串上的另一把比较了一下。然后他把钥匙串放回已死的科学家的口袋里，拿起那把单独的钥匙。"这个……"他对黑斯廷斯说道，"是一把复制品。虽做工简陋，但是毋庸置疑，它很管用。"

黑斯廷斯激动地大叫："那就是说……"

波洛用警告的手势制止了他，通往大厅和楼梯的那扇门里传来钥匙转动的声音。两人转过身去，门缓缓地打开了，特雷德韦尔，那个管家，站在门口。

"请您原谅，先生。"特雷德韦尔说道，然后进屋关上了门，"主人吩咐我在你们到达之前锁上这扇门和这间屋子的另外一扇门。主人他……"他看到克劳德爵士一动不动躺在椅子里，停了下来。

"很抱歉，你的主人已经去世了。"波洛告诉他，"请问你叫什么名字？"

"我叫特雷德韦尔，先生。"他走到书桌前，看着主人的尸体。"哦，天哪，可怜的克劳德爵士！"他喃喃道。然后他转向波洛，又说道："请原谅，先生，但我太震惊了。我可以问问发生了什么事吗，这是……谋杀吗？"

波洛说："你为什么这样问？"

管家压低声音回答道："今晚发生了一些奇怪的事情，先生。"

"哦？"波洛叫道，和黑斯廷斯交换了一下眼神，"告诉我都有些什么奇怪的事。"

"是这样的，先生，我几乎不知该从何说起……"特雷德韦尔答道，"我……我想，我是从那位来自意大利的先生来喝茶时开始觉得事情有点不对劲的。"

"来自意大利的先生？"

"卡雷利医生，先生。"

"他是临时到访来喝茶的吗？"波洛问。

"是的，先生。后来艾默里小姐邀请他留下来，因为他好像是理查德太太的朋友，但是先生，如果你问我……"

他停下来，波洛温柔地引导道："怎么了？"

"我希望您能了解，先生。"特雷德韦尔说，"讲家里人的闲话并不是我的习惯。但是既然主人去世了……"

他又停了下来。波洛同情地说："是的，是的，我明白。你一定非常依恋你的主人。"特雷德韦尔点点头。波洛继续说道："克劳德爵士请我来是要告诉我一些事情，你一定要将你知道的都告诉我。"

"既然如此，好吧。"特雷德韦尔答道，"在我看来，先生，其实理查德·艾默里太太不想留这位意大利先生吃晚饭。我看到艾默里小姐发出邀请时她的脸色不大好。"

"你对这位卡雷利医生印象如何？"波洛问道。

"先生，卡雷利医生……"管家非常傲慢地回答，"和我们不是一种人。"

波洛不大明白特雷德韦尔的话，便询问似的看着正侧过脸去偷笑的黑斯廷斯。波洛微微责备地看了他一眼，然后转向特雷德韦尔。这位管家的脸色仍然十分严肃。

"你有没有察觉到，"波洛问道，"卡雷利医生来这里的方式有些奇怪？"

"正是如此，先生。不知为何，他来得很突然。而且他来了之后家里就出了麻烦，主人今晚早些时候就叫我请您来，并叫我把门都锁起来。理查德太太今天晚上也和往常不一样，她中途离开了餐桌。理查德先生为此很是沮丧。"

"啊。"波洛说,"她离开了餐桌?她进了这间屋子吗?"

"是的,先生。"特雷德韦尔回答。

波洛环顾四周,他的目光停留在露西娅留在桌上的提包上。"有位女士把自己的包留在这里了。"他说着拿起提包。

特雷德韦尔走近他,看了眼提包,然后告诉波洛:"这是理查德太太的,先生。"

"是的。"黑斯廷斯也确认道,"我注意到是她在出去之前把它放在这儿的。"

"刚好在她离开房间之前吗?"波洛说道,"多奇怪啊。"他把包放在长靠椅上,茫然蹙眉,伫立沉思。

"关于锁门的事,先生……"特雷德韦尔短暂地停顿一会儿后继续说道,"主人告诉我——"

波洛忽然从沉思中缓过神来,他打断管家。"是的,是的,我必须了解所有相关的事,我们到那边去吧。"他指着靠近屋子前部的门建议道。

特雷德韦尔向门口走去,波洛紧随其后,而黑斯廷斯却煞有介事地说:"我觉得我还是待在这儿吧。"

波洛转过身,疑惑地望着黑斯廷斯。"不,不,请和我们一起来吧。"

"但你不觉得最好——"黑斯廷斯刚要开口,波洛便打断了他,严肃而又意味深长地说道:"朋友,我需要你的协助。"

"哦,好吧,当然了,如果是那样的话。"

三人一起离开了阅览室,关上了门。没过多久,通往走廊的另外一扇门被小心地打开了,露西娅悄悄地走了进来。她匆匆扫了一眼屋内,像是要确认没有旁人在,然后走向屋中间的圆桌,拿起克劳德爵士的咖啡杯。她眼中露出与她平日的无辜大相径庭的精明而又严厉的神色，让她突然间看起来老了许多。

露西娅仍然拿着咖啡杯站在那里，似乎没决定好要怎么做时，另一扇通向房子前部的门开了，波洛独自走进了阅览室。

"请允许我这样做，女士。"波洛说道，露西娅被吓了一跳。波洛走向她，从她手里拿过杯子，露出一副礼貌待人的神情。

"我……我……是回来拿我的包的。"露西娅喘着气说。

"啊，是的。"波洛说，"现在让我看看，我曾在哪儿看到了一个女士的手提包？哦，是的，这里。"他走向长靠椅，拿起手提包，把它交给露西娅。

"非常感谢您。"露西娅说道，心烦意乱地看着四周。

"不客气，女士。"

露西娅紧张地对波洛一笑，迅速离开了房间。待她走了之后，波洛呆立了片刻，即刻拿起了咖啡杯。他谨慎地闻了闻，从口袋里拿出一支试管，把一些咖啡的残渣倒进去，封好试管。把试管放回衣袋后，他又继续环顾整个房间，大声地数起了杯子。"一，二，三，四，五，六。是的，六个咖啡杯。"

波洛的眉头疑惑地皱了起来，忽然他兴奋极了，眼睛闪烁着绿色的光芒。他迅速走向刚才进来的房门，打开门又砰的一声把它关上，随后大步走向落地窗，藏在窗帘后面。不久后，通向走廊的那扇门打开了，露西娅又走了进来。不过这次她比上次更加小心，看起来更加警惕。她四处张望以使两扇门都在她的视线之内，然后抓起克劳德爵士用过的咖啡杯，观察着整个房间。

她的目光停在通往大厅的那扇门旁边的小桌子上，桌上有个巨大的花盆，里面种着植物。露西娅走到桌边，把杯子翻过来插进盆里。然后她一边警觉地看着门口，一边把剩余杯子中的一只放到克劳德爵士的尸体旁边。接着她迅速地向门口走去，但当她到达门口的时候，门被打开了，她的丈夫理查德和一个三十来岁、高个子、浅棕色头发的男人走了进来，此人面貌和善而不失威严。这个新来的人手里拿着一个格莱斯顿式提包①。

"露西娅！"理查德叫道，"你在这里干什么？"

"我……我……来拿我的手提包。"露西娅解释道，"嗨，格拉汉姆医生。抱歉，失陪了。"她说完便匆匆从他们身旁走了过去。理查德目送她离去，波洛从帘子后走了出来，走向二人，一副他刚从另一扇门进来的样子。

"啊，这是波洛先生。让我来介绍一下，波洛先生，这是格拉汉姆医生。肯尼斯·格拉汉姆。"波洛和医生都向对方鞠躬致意，格拉汉姆医生迅速地走到尸体旁边开始检查，理查德则在一旁看着。而波洛呢，此时没有人注意到他，他在房间里走来走去，微笑着又点了一遍咖啡杯。"一，二，三，四，五。"他喃喃道，"没错，只有五个。"波洛的脸被纯粹的快乐点亮了，他神秘莫测地笑了笑。然后从口袋里拿出试管，看着它，摇了摇头。

与此同时，格拉汉姆医生已经粗略地检查了克劳德爵士的尸体。"恐怕……"他对理查德说，"我不能签死亡证明。克劳德爵士健康状况良好，在我看来他也不大可能突发心脏病。我们得看看他去世之前吃喝过什么。"

"天哪，先生，真有这个必要吗？"理查德问，声音里有一丝警惕，"他没吃喝过任何我们其他人没有吃喝过的东西。你的暗示太荒唐了！"

"我没有暗示什么。"格拉汉姆医生打断他，非常权威而坚定地说道，"我告诉你，根据法律规定是必须验尸的，而验尸官肯

---

①是一种有金属框架的手提包，产生于十九世纪中期的英国伦敦，当时许多医生喜欢使用这种手提包。

定也想知道死亡的原因。现在我不知道是什么导致了克劳德爵士的死亡。我会安排明天早上马上进行验尸。明天晚些时候我就可以回来告诉您确凿的事实了。"

他迅速离开了房间，身后跟着还在抗议的理查德。波洛在后面望着他们，然后以一种疑惑的表情看着急匆匆地把他从伦敦喊来的人的尸体。"你想告诉我什么呢，我的朋友？我想知道。你到底在怕什么呢？"他故自沉思，"仅仅是怕别人偷你的方程式，还是也怕有人要谋害你的性命？你想从赫尔克里·波洛这儿寻求帮助，可是你找我找得太迟了。但是我会尽力查出真相的。"

波洛沉思着摇了摇头，他正要离开房间时特雷德韦尔进来了。"我已经带那位先生去了他的房间，先生。"他告诉波洛，"现在我可以带您去您的房间吗？就是邻近楼梯口的那间。您一路奔波，我冒昧地为您准备了些冷餐作为晚餐。去楼上时我会告诉您餐厅的位置。"

波洛点头礼貌地接受了。"非常感谢你，特雷德韦尔。"他说，"顺便说一句，我正打算建议艾默里先生把这间屋子锁起来，一直到明天我们对今天晚上的惨剧掌握更多信息后再打开。我们走后你可以把它锁好吗？"

"当然了，先生，如果您吩咐的话。"特雷德韦尔回复道。于是波洛便离开了阅览室。

第八章

1

经过一夜又香又久的睡眠,黑斯廷斯第二天早上很晚才下楼用早餐,他发现只剩他一个人在用餐。他从特雷德韦尔那儿得知,爱德华·雷纳很早就吃完了早餐,然后回到他的房间整理克劳德爵士的文件去了;艾默里夫妇在他们的套房里享用了早餐,直到现在尚未露面;芭芭拉·艾默里小姐取了一杯咖啡去了花园,大概还在晒太阳;卡洛琳·艾默里小姐因为头疼,让特雷德韦尔把早餐送到了她的房间里,此后特雷德韦尔就再也没见到她。

"你今天早上见到波洛先生了吗,特雷德韦尔?"黑斯廷斯问。

他被告知他的朋友早早地起了床到镇上散步去了。"我听波洛先生说,他要去那儿办点事情。"特雷德韦尔补充道。

用完了一顿有熏肉、香肠、鸡蛋、吐司和咖啡的丰盛早餐,黑斯廷斯回到了他位于二楼的舒适房间里。在房间里可以欣赏到花园一角无与伦比的美景。几分钟后,黑斯廷斯收获颇丰,他看到了正在享受日光浴的芭芭拉·艾默里。直到芭芭拉进屋,黑斯廷斯才坐到扶手椅上拿起了今早的《泰晤士报》,不出所料,报上还只字未提关于克劳德·艾默里爵士前夜突然死亡的事情。

黑斯廷斯翻开社论版读了起来。大约过了半个小时,他从浅睡中被唤醒,发现赫尔克里·波洛正站在面前。

"啊,我的朋友,我看,你最近太劳心费神了!"波洛咯咯笑道。

"事实上,波洛,我一直在想昨晚的案情呢。"黑斯廷斯声称,"我一定是打了个盹儿。"

"为什么不呢,我的朋友?"波洛对他说,"我也一直在想克劳德爵士的死,还有,当然了,他那重要的方程式失窃的事。事实上,我已经有所行动了,我随时期待着接到某个电话留言,告诉我现在的某些怀疑是对还是错。"

"你在怀疑什么,或者说在怀疑谁呢,波洛?"黑斯廷斯急切地问。

波洛望着窗外,然后答道:"不,眼下还不是揭晓游戏谜底的时候,我的朋友。"他淘气地答道,"这么说吧,当魔术师在舞台上表演的时候,他们敏捷的双手往往会欺骗我们的眼睛。"

"真的吗,波洛?"黑斯廷斯大声说,"你有时候可真是让人讨厌。我觉得你至少应该告诉我,你怀疑是谁偷了方程式。毕竟,我也许可以帮助你,通过——"

波洛挥挥手打断了他的朋友。这个小个子侦探一脸无辜,盯着窗外,陷入了更深沉的冥想当中。"你很迷惑吧,黑斯廷斯?"他问,"你正好奇为什么我不顺着我的怀疑追查到底吧?"

"呃……是有一点。"黑斯廷斯承认。

"如果你处在我的位置上,你一定会那么做的。"波洛有些得意地说,"这我能理解。可是我并不是个喜欢操之过急、大海捞针的人,就像你们英国人所说的那样。在目前这种状况下,我愿意等待。至于我为什么要等待……好吧,我得说,鉴于我赫尔克里·波洛的才华,有些事情对我来说非常浅显,对于不那么有天赋的人而言就不一定很清楚了!"

"我的老天啊,波洛!"黑斯廷斯喊道,"你知道吗,我愿意付一大笔钱,就为了能看到你成为一个彻底的傻瓜,哪怕一次也好。你真是太自负了!"

"别气恼啊,我亲爱的黑斯廷斯。"波洛安慰他,"事实上,我发现你有时候甚至有点厌恶我!唉,这简直是对我优秀的惩罚!"

小个子侦探挺起胸膛,滑稽地叹了口气,引得黑斯廷斯忍俊不禁。"波洛,你真的是我认识的所有人中最不吝啬夸奖自己的人!"他说道。

"要是换成你又会如何呢?如果一个人有独到之处,他自己当然是最清楚的。好了,让我们言归正传吧,我亲爱的黑斯廷斯。告诉你,我已经跟克劳德爵士的儿子——理查德·艾默里约好,请他今天中午在阅览室跟我们见面。我说了,是和'我们'见面。黑斯廷斯,因为我需要你在那里配合我,我的朋友,帮我更细致地观察他。"

"就像往常一样,我很高兴能协助你,波洛。"他的朋友向他保证道。

2

午间,波洛、黑斯廷斯和理查德·艾默里在阅览室见面了。克劳德爵士的遗体在昨夜晚些时候就已经被移走了。黑斯廷斯在长靠椅上找了一个舒适的位置边听边观察。侦探先生要求理查德·艾默里详细地描述了昨晚他——波洛，到来之前发生的事情。理查德终于完成叙述后，坐在了昨晚他父亲坐的座位上，补充道："好了，这就是事情的经过，我讲清楚了吧？"

"很棒，艾默里先生，您讲得很好。"波洛斜倚在屋内仅有的那把扶手椅的扶手上，答道，"现在，那场面已经浮现在我的眼前了。"他闭上眼睛，尝试着再在脑海中重现那一幕，"克劳德爵士就坐在那把椅子上，主持着大局。然后屋里一片漆黑，接着就是敲门的声音。是啊，真是戏剧性的一幕！"

"好了。"理查德看似要起身，"如果您没什么别的事……"

"请您再留一小会儿。"波洛说着做出了挽留的手势。

理查德很不情愿地又坐回到椅子上，问道："什么事？"

"昨晚早些时候的情形又如何呢，艾默里先生？"

"昨晚早些时候？"

"是啊。"波洛提醒他，"晚饭后。"

"哦，晚饭后！"理查德说，"这恐怕真没什么可说的。我父亲和他的秘书雷纳，爱德华·雷纳，直接去了书房，我们其他人都在这儿。"

波洛朝理查德鼓励地笑了笑，问："那你们都做了什么呢？"

"哦，我们就是在聊天，留声机也基本上一直开着。"

波洛思考了片刻。"就没有发生什么让你印象深刻、值得回想的事吗？"他问。

"什么也没发生。"理查德立即断言道。

波洛紧紧地盯着他，追问道："咖啡是什么时候送过来的？"

"晚饭后马上就送来了。"理查德答道。

波洛用手比画了一圈，问道："管家是倒好了一杯杯送到你们每个人手上，还是直接把咖啡留在了桌上让大家自己倒？"

"我真的记不得了。"理查德说。

波洛轻轻地叹了一口气,又沉思了片刻,问道:"你们所有人都取了一杯咖啡吗?"

"是的,我想是的。除了雷纳,因为他不喝咖啡。"

"克劳德爵士的咖啡是送进书房给他的吧?"

"我想是的。"理查德答道,他的声音里蕴含着几分恼怒,"这些细节有那么重要吗?"

波洛抬手做了个道歉的手势。"我很抱歉。"他说,"我只是非常急切地想在脑海中描绘出这整幅画面。毕竟,我们都想把那宝贵的方程式给追回来,不是吗?"

"我想是吧。"理查德依旧带有几份怒气地回答道。他的反应让波洛惊讶地扬起了眉毛,还惊奇地感叹了一声。"不,当然,当然了,我们都希望如此。"理查德赶紧补充道。

波洛的目光从理查德·艾默里身上转开,问道:"现在告诉我,克劳德爵士是什么时候从书房来到这个房间的?"

"正好是他们想打开房门的时候。"艾默里告诉他。

"他们?"波洛质疑道,向他逼近。

"是的,雷纳和其他人。"

"我可以问问是谁想要开门吗?"

"我妻子,露西娅。"理查德说,"她昨天一晚上都不舒服。"

波洛回答的语气中饱含着同情。"可怜的夫人!希望她今早好些了,我还有一两个问题要问她呢。"

"那恐怕不太可能。"理查德说,"她不会见任何人,或者回答任何问题。无论如何,没有什么她能告诉你而我却不能的。"

"确实如此,的确。"波洛对他说道,"可是艾默里先生,女人往往有更细致的观察力。在这一点上,你的姑姑,艾默里小姐，也是一样。"

"她还躺在床上呢。"理查德急促地说，"我父亲的死对她是个巨大的打击。"

"是的，我知道。"波洛沉思地喃喃道。

短暂的沉默后，理查德看起来明显不太舒服，他起身来到落地窗前。"让我们来点儿新鲜空气吧。"他说，"这儿真热。"

"啊，你就像所有的英国人一样。"波洛微笑着说，"多么好的户外空气，你们不会老是把它留在户外的。绝不会！你们会把它引到房间里来。"

"我想您不会介意吧？"理查德问。

"我？"波洛说，"不，当然不介意。我早已适应了所有英国人的习惯，我在哪儿都被当作是英国人。"坐在长靠椅上的黑斯廷斯正忍不住偷笑。"可是，请原谅我问一句，艾默里先生，这窗户不是被什么精巧的机关锁上了吗？"

"是的。"理查德回答，"可我父亲的钥匙串上有开锁的钥匙，就是我手上这把。"他从衣袋里拿出钥匙串，走到落地窗边，打开了窗钩，然后猛力把窗户开大。

波洛从他身边走开，坐到了凳子上，远远地避开了那扇落地窗和新鲜空气，在一旁发抖。理查德深吸了一口气，站了一会儿，望向窗外的花园。然后，他像是做出了某个重大的决定似的，转身向波洛走去。

"波洛先生，"理查德·艾默里说，"我不想再旁敲侧击了。我知道我妻子昨晚曾恳求您留下，可她当时心烦意乱，歇斯底里，她不知道自己在做什么。我才是真正的当家人，我得坦率地告诉您，我一点也不在乎那该死的方程式。我父亲非常有钱。他的这项发明确实值一大笔钱，可我现在的钱已经够用了，我并不需要更多,更不会假装像我父亲那样对发明表现得如此狂热。这世界上已经有足够多的炸药了!"

"我明白。"波洛若有所思地喃喃道。

"我是说……"理查德继续说道,"我们应该让事情到此为止。"

波洛的眉毛竖了起来,做出了他惊愕时常用的手势。"你是希望我离开?"他问道,"你觉得我不该做更深入的调查?"

"是的,就是这样。"理查德·艾默里很不悦地说,然后从波洛面前半转过身去。

"可是……"侦探坚持道,"不论是谁偷走了方程式,都肯定会利用它来牟利。"

"是啊。"理查德承认道,他又转向波洛,"可我还是……"

波洛缓慢而意味深长地继续说道:"难道你就不在意那……怎么说呢……不怕丢脸吗?"

"丢脸?"理查德尖声惊呼道。

"一共有五个人……"波洛向他解释道,"五个人有机会偷走方程式。只有那个有罪的人被抓到,其他四个人才能证明自己的清白。"

波洛正说着,特雷德韦尔走进了房间。理查德结结巴巴地开口说道:"我……那就——"这时男管家打断了他。

"请原谅,先生。"他对少主人说道,"格拉汉姆医生到了,他想见您。"

理查德显然对这个离开的机会非常欣喜,他可以躲过波洛更深入的追问了。他答道:"我立刻就去。"说着就走到了门边,然后回头一本正经地对波洛说:"真抱歉,请您原谅。"接着就随特雷德韦尔走出了房间。

二人刚刚离去，黑斯廷斯就从长靠椅上站起来走到波洛身旁，抑制不住自己的兴奋。"我说……"他说道，"是下毒吧，嗯？"

"你说什么，我亲爱的黑斯廷斯？"波洛问。

"一定是下毒！"黑斯廷斯重复道，并拼命地点着头。

第九章

波洛探究地看着他的好朋友，眼中闪烁着愉悦的光芒。"你真是太让人激动了，我亲爱的黑斯廷斯！"他大叫道，"是什么样的机智和敏捷啊，让你直接就跳到答案上去了。"

"既然如此，波洛……"黑斯廷斯抗议道，"你不能这样敷衍我。你不会装作认为那个老头是死于心脏病吧。昨晚发生的事情还清晰地浮现在我眼前。但我必须说，理查德·艾默里不是一个特别聪明的家伙，他做不出下毒这种事情。"

"你认为不是他吗，我的朋友？"波洛问道。

"我昨晚盯着他呢，就在格拉汉姆宣布他不能签死亡证明还说需要验尸的时候。"

波洛轻轻地叹息了一声。"是啊，是啊。"他平静地喃喃道，"今早格拉汉姆医生会来宣布验尸结果。过几分钟我们就能知道你说的是对是错了。"波洛好像还想说点什么，但克制住了自己。他走向壁炉台，开始整理那个装满用来点火的纸捻的瓶子。

黑斯廷斯亲切地看着他。"我说，波洛……"他笑道，"你是有多爱整洁啊。"

"现在看起来是不是好多了？"波洛问道，他歪着头观察着壁炉。

黑斯廷斯轻蔑地哼了一声。"我也没觉得之前有什么不好。"

"你应该关注!"波洛说道,冲他训诫地摇了摇手指,"对称性,就是一切。每一个地方都需要整洁和秩序,特别是大脑里那些小小的灰色细胞。"他边拍脑袋边说。

"哦,别这样,别跳转到你自己喜欢的话题上去。"黑斯廷斯乞求道,"告诉我你那些珍贵的小灰色细胞是怎么想这个案子的就行了。"

波洛走向长靠椅,在回答之前坐了下来。他平静地看着黑斯廷斯,像猫那样眯着眼睛,直到眯成一条闪烁着绿光的缝。"如果你会使用你的灰色细胞,并且试着去仔细观察整个案子,就像我一样,你大概就能感知到事情的真相了,我的朋友。"他沾沾自喜地宣称。"然而……"他又继续说,用一种他觉得能显示他宽宏大量的语气,"在格拉汉姆医生到来之前,让我们先听听我的朋友黑斯廷斯的想法吧。"

"好吧。"黑斯廷斯开始急切地讲道,"在秘书椅子底下找到的钥匙很可疑。"

"你是这样想的吗,黑斯廷斯?"

"当然。"他的朋友回答道,"这非常可疑。但是,总体来说,我认为是那个意大利人干的。"

"啊!"波洛喃喃道,"那个神秘的卡雷利医生。"

"确实很神秘。"黑斯廷斯继续说道,"这个词恰到好处地形容了他。他来这个国家干什么?让我来告诉你。他是为克劳德爵士的方程式而来。他肯定是一个外国政府派来的间谍。你知道我说的那类事情。"

"是的,确实如此,黑斯廷斯。"波洛笑着回答道,"毕竟,我也会偶尔去看看电影,你知道。"

"而且如果最后能够证明克劳德爵士确实是被毒死的……"黑斯廷斯开始踱步,"这会让卡雷利医生更加可疑。还记得波吉亚家族吗?下毒是一种意大利式的犯罪。但让我担心的是卡雷利医生会得到方程式,并侥幸逃脱惩罚。"

"他不会的,我的朋友。"波洛一边摇头一边说道。

"你怎么能这样肯定?"黑斯廷斯质疑道。

波洛靠回了椅子上,然后以他惯有的方式把指尖抵在一起。"我也不是特别清楚究竟是怎么回事,黑斯廷斯。"他承认道,"我不确定,当然。但是我有一些想法。"

"你指的是什么?"

"你觉得那个方程式现在在哪儿,我聪明的伙伴?"波洛问道。

"我怎么知道?"

波洛看了黑斯廷斯一会儿,好似在给他的朋友一个思考问题的机会。然后他开口了:"你想想,我的朋友。"他鼓励道,"整理一下你的思路。要有方法、有条理,这是成功的秘诀。"但黑斯廷斯仅仅是一脸困惑地摇了摇头。这位侦探试着给他的伙伴提供了一条线索。"它只可能在一个地方。"波洛说道。

"那在哪里呢,看在上帝的分上,请你告诉我。"黑斯廷斯说道,语气中带着明显的愤怒。

"当然在这间屋子里了。"波洛宣称,脸上露出得意的柴郡猫[①]般的笑容。

"你究竟是什么意思?"

[①] 柴郡猫(Cheshire Cat)是英国作家路易斯·卡罗尔(Lewis Carroll, 1832—1898)创作的童话《爱丽丝梦游仙境》(*Alice's Adventure in Wonderland*)中的虚构角色,形象是一只咧着嘴笑的猫,拥有能凭空出现或消失的能力,甚至在它消失以后,它的笑容还挂在半空中。

"就是这样,黑斯廷斯。想想这些事实吧。我们从好心的特雷德韦尔那里得知,克劳德爵士采取了某种保护措施来防止方程式被带出这个房间。因此,当他宣布我们的到来让大家大吃一惊时,那个方程式一定仍然在小偷身上。小偷会做什么呢?他不敢冒被我找到的风险把方程式放在身上。他只能做两件事。他可以像克劳德爵士建议的那样归还,或者可以趁那一分钟黑暗的掩饰把方程式藏在某个地方。又因为他没有按照第一种方法来做,所以他一定是照第二种做的。瞧!方程式就被藏在这个屋子里,这对我来说已经很明显了。"

"天哪,波洛!"黑斯廷斯激动地大叫道,"我相信你是正确的!我们一起找吧。"他迅速地起身,然后走向了书桌。

"尽一切可能去找吧,如果那样做能使你很愉快的话。"波洛回答道,"但是有一个人会比你更容易找到它。"

"哦,是谁?"黑斯廷斯问道。

波洛精力充沛地捻弄着他的胡子。"嗯,不就是那个藏它的人吗,哎呀!"他一边大叫道,一边做着手势,就好像一个魔术师从帽子里面拉出了一只兔子。

"你的意思是……"

"我是说……"波洛耐心地向他的同伴解释道,"过不了多久,那个贼就会来取走他的战利品。因此我们中的一个人,必须一直在这里守着。"听见门被缓慢而且小心地打开的声音后,他不再讲话,然后示意黑斯廷斯跟他一起站在留声机旁,那里不在进屋的人的视野中。

第十章

门开了,芭芭拉·艾默里小心翼翼地走进了房间。她从墙边拿了把椅子,然后放在书架前。她站到椅子上,伸手去拿装有药品的马口铁盒。就在这时,黑斯廷斯突然打了个喷嚏,芭芭拉一惊,手中的盒子掉落。"哦!"她困惑地说道,"我不知道这里有人。"

黑斯廷斯冲上前去捡起盒子,波洛又从他手里拿走了盒子。"恕我冒昧,小姐。"侦探说,"我敢肯定这对您来说太重了。"他走到桌子旁,把马口铁盒放在上面。"这是你的收藏吗?"他问道,"鸟蛋?也许是海贝壳?"

"恐怕是更无聊的东西,波洛先生。"芭芭拉紧张地笑了笑,"只是一些药片和药粉。"

"但是……"波洛说道,"一个如此年轻、健康且精力充沛的人,需要这些东西吗?"

"哦,不是给我的。"芭芭拉向他保证,"是给露西娅的。她今早头疼。"

"可怜的夫人。"波洛喃喃道,声音中满是同情,"是她让您来拿这些药片的吗?"

"是的。"芭芭拉回答说,"我给了她几片阿司匹林,但她想要一些真正的麻醉剂。我说我会把所有的药都给她拿过去,如果没有人在这里的话。"

波洛把手放在箱子上,边思索边说道:"如果没有人在这里……这很重要吗,小姐?"

"你知道这里是什么样的。"芭芭拉解释道,"大惊小怪,大惊小怪,大惊小怪!我的意思是,比如卡洛琳姑姑,她就像只咯咯叫的老母鸡一样!而理查德呢,就是个该死的讨厌鬼,毫无用处,男人在你生病时总是这样。"

波洛理解地点了点头。"我明白,我明白。"他点头表示接受她的解释,手指抚过药箱的盖子,又迅速地看了一眼他的手。停顿了一会儿之后,他清清嗓子,声音略微沙哑地继续说道:"小姐,您知道吗,你们有这样的仆人真是幸福啊。"

"什么意思?"芭芭拉问。

波洛指指马口铁盒子。"您瞧……"他指着盒子说,"这盒子顶上一点灰尘都没有。要爬到椅子上去才扫得到这么高的地方,不是每个仆人都会这么认真的。"

"是啊。"芭芭拉赞同地说道,"我昨天晚上发现它一尘不染时就觉得奇怪。"

"您昨天晚上看到过这个盒子?"波洛问。

"是的,吃过晚餐之后,你知道,这里面装满了老医院里的那些东西。"

"我们来看看这些医院的药品吧。"波洛说着便打开了盒子。他拿出了几个小药瓶,把它们举起来后,夸张地抬起眉毛,"马钱子碱,阿托品,真是些可爱的小收藏!哦,这瓶天仙子碱,几乎是空的。"

"什么?"芭芭拉叫道,"怎么会,它们昨晚都是满的。我确定是这样。"

"瞧！"波洛把试管伸向她，接着放回盒子里。"太奇怪了，您说所有的小……您叫它什么来着？药瓶……都是满的？昨天晚上这些药到底在哪儿，小姐？"

"是这样的，我们取下来后，把它放到这张桌子上了。"芭芭拉告诉他，"然后卡雷利医生看了一下药品，对它们评论了一番，接着……"

露西娅走进房间，让芭芭拉停了下来。理查德·艾默里的妻子看到波洛二人在房间里显然很吃惊。她苍白骄傲的面容在日光下显得憔悴，双唇的曲线也透露出惆怅。芭芭拉快步走向她。"哦，亲爱的，你不该起来。"她对露西娅说，"我正要去照顾你。"

"我的头疼已经好多了，亲爱的芭芭拉。"露西娅回答道，她的目光停留在波洛身上，"我下来是想和波洛先生谈谈。"

"但是，亲爱的，你不觉得你应该——"

"拜托了，芭芭拉。"

"哦，好吧，你自己知道怎样做最好。"芭芭拉说着走向门口，黑斯廷斯冲上去帮她开门。她一出门，露西娅就走到椅子旁坐了上去。

"波洛先生……"露西娅说道。

"我愿意为您效劳，夫人。"波洛礼貌地回答。

露西娅的声音有些颤抖，她迟疑地说道："波洛先生……"她开始说，"昨天晚上，我向您提出了一个请求，我希望您能留在这儿。我……我还乞求过您这么做。今天早上，我才发现我错了。"

"您确定吗，夫人？"波洛平静地问道。

"非常确定。我昨天晚上太紧张了，有些紧张过度了。我非常感谢您答应我的请求，但是现在，我觉得您最好离开。"

"啊，这样啊①。"波洛轻声说。然后又大声地、不置可否地回答："我明白了，夫人。"

露西娅站起来，紧张地扫了他一眼，问道："那就这么定了？"

"我不这么认为，夫人。"波洛回答道，然后向她走近了一步，"不知您是否记得，您曾怀疑您的公公是非正常死亡的。"

"我昨天有点情绪失控了。"露西娅坚持道，"我不知道我在说什么。"

"那您现在确信……"波洛说，"他的去世是自然死亡了？"

"当然。"露西娅申明道。

波洛微微扬起眉毛，静静地看着她。

"你为什么那样看着我？"露西娅警惕地问道。

"因为，夫人，有时候你很难让一条狗追寻到线索，可是一旦它找到了线索，就没有东西能够让它离开。如果它是条好狗的话。而我，夫人，我赫尔克里·波洛，就是一条很好的狗！"

露西娅十分焦虑地说道："哦，但您必须、必须得走。我求您，求求您，您不知道留下来会带来多么大的伤害！"

"伤害？"波洛问，"是对您的伤害吗，夫人？"

"是对我们所有人的伤害，波洛先生。我不能解释更多，但是我请您相信我的话。第一次见到您的那一刻我就信任您。求您……"

---

① 原文为法语。

门开了，露西娅停止了讲话，一脸震惊的理查德和格拉汉姆医生走进了房间。"露西娅！"她的丈夫看见她大叫道。

"理查德，怎么了？"露西娅冲到他身边紧张地问，"发生什么事了？又有事发生了，我看你的脸色就知道了。是什么事？"

"没什么，亲爱的。"理查德试图安慰她，"你介意离开一会儿吗？"

露西娅看着他的脸。"我难道不能……"她开口说道，但是当她看到理查德走向门口并把门打开后，就犹豫了。

"拜托了。"他重复道。

露西娅最后充满恐惧地回头看了一眼，然后离开了房间。

第十一章

格拉汉姆医生把他的格莱斯顿式提包放在咖啡桌上,走到长靠椅前坐了下来。"这件事恐怕很糟糕,波洛先生。"他对侦探说。

"你刚才说糟糕的事,是吗?您已经发现是什么导致克劳德爵士的死亡了吧?"波洛问道。

"他是被一种毒性很强的植物碱毒死的。"格拉汉姆宣称。

"比如天仙子碱?"波洛建议道,然后从桌子上拿起装药的马口铁盒。

"您是怎么知道的?对,没错。"格拉汉姆医生对波洛的准确推测感到震惊。波洛拿起盒子走到房间的另一头,把它放到摆着留声机的桌子上,黑斯廷斯跟着他走到那里。与此同时,理查德·艾默里也坐在了长靠椅上。"这究竟表明了什么呢?"理查德问格拉汉姆医生。

"首先,这意味着警察会介入。"格拉汉姆迅速地回答。

"天哪!"理查德大叫道,"这太可怕了。您就不能把事情压下来吗?"

格拉汉姆医生盯着理查德·艾默里看了一会儿后,慢条斯理、故作腔调地说道:"亲爱的理查德,相信我,对这个可怕的悲剧,没有人比我更痛苦、更悲伤了。尤其是在这种情况下,毒药不会自己跑到咖啡里面去。"

理查德愣了几秒，然后用颤抖的声音问道："你是说谋杀吗？"

格拉汉姆医生没有说话，只是严肃地点了点头。

"谋杀！"理查德喊道，"我们究竟该怎么做呢？"

格拉汉姆用轻快、公事公办的态度解释了接下来的程序。"我已经通知了验尸官，审讯会在明天举行，在'国王的纹章'①。"

"那么……你的意思是……警方一定会介入？没有其他的办法？"

"没有。理查德，你一定要认识到这点。"格拉汉姆说道。

理查德发疯似的喊道："但你为什么不提醒我！"

"别这样，理查德。控制一下你自己。我确信你应该明白，我只是采取了我认为确实必要的行动。"格拉汉姆打断了他，"毕竟，这种事情是不能耽搁的。"

"我的天啊！"理查德喊道。

格拉汉姆医生用轻柔的语气安慰艾默里。"理查德，我知道。我可以理解。这对你而言是个可怕的冲击，但我必须问你一些事情。你能回答几个问题吗？"

理查德努力让自己振作起来。"你想知道什么？"他问道。

"首先，你父亲昨天晚餐时吃了什么，喝了什么？"

"让我想想，我们都吃了同样的东西。汤、炸板鱼、炸肉排，最后是水果沙拉。"

"那喝了些什么呢？"格拉汉姆医生又问。

---

①国王的纹章（King's Arms）是英国一家历史悠久的酒馆。英国拥有著名的酒馆文化，许多酒馆以纹章作为招牌，所以酒馆的名称中多含有"纹章"二字（Arms）。

理查德回答之前思索了一阵。"我父亲和我姑妈喝的是勃艮第。雷纳也是。我喝了威士忌和苏打水,还有卡雷利医生……对,卡雷利医生在用餐过程中始终喝白葡萄酒。"

"哦,对了,神秘的卡雷利医生。"格拉汉姆喃喃道,"请原谅,理查德,你对这个人的了解有多少呢?"

黑斯廷斯对于理查德·艾默里将如何回答这个问题很感兴趣,便朝他们俩走去。理查德回答道:"我对他一无所知。我从未见过他,甚至没听说过他,直到昨天。"

"但他是你妻子的朋友吧?"医生问。

"显然如此。"

"她跟他很熟吗?"

"哦,不。我想他们只是彼此认识而已。"

格拉汉姆啧啧两声,摇了摇头。"我希望你没让他离开这所房子吧?"他问。

"没有。"理查德向他保证,"昨天晚上我就向他指出,在这件事查清楚之前——我是指方程式被偷这件事——他最好留在这栋房子里。事实上,我已经派人从他投宿的旅店把他的行李拿到这儿来了。"

"他丝毫不反对吗?"格拉汉姆有些惊讶。

"没有,实际上他很热切地同意了。"

"呃。"格拉汉姆只是这样回答道。然后他看了看周围,又问道:"那么,说说这个房间吧。"

波洛走向两人。"昨天晚上,管家特雷德韦尔把门全都锁上了。"他向格拉汉姆医生保证道,"然后他就把钥匙交给了我。每样东西都原模原样,除了我们动过的椅子。就像你看到的这样。"

格拉汉姆医生看到了桌子上的咖啡杯,指着它问道:"就是那个杯子吗？"他走到桌前，拿起杯子闻了闻，"理查德，这是你父亲用过的杯子吧？我最好还是拿走它，要进行检验。"他打开了手提包。

理查德一跃而起。"你不会以为……"他刚开口又停了下来。

"看起来，"格拉汉姆告诉他，"毒不太可能会下在晚餐里。最有可能的解释是天仙子碱被加进了克劳德爵士的咖啡里。"

"我……我……"理查德站起来朝医生走去，想要说些什么，但他突然停了下来，做了一个绝望的手势，然后突兀地从落地窗离开房间，到花园里去了。

格拉汉姆医生从包里拿出一个小纸盒，仔细地把咖啡杯包在里面，接着语气不变地对波洛倾诉。"真是件龌龊的事情。"他吐露道，"理查德·艾默里会感到沮丧我一点也不奇怪。报纸会尽可能地利用这个意大利医生和他妻子的友谊做文章。会有很多流言蜚语的，波洛先生，会传播开来。可怜的夫人！她可能完全是无辜的。那个男人明显是用什么花言巧语迷惑了她。他们都聪明绝顶，这些外国人。当然，我想我不该这么说，但这已经是个明确的结论了，不然还能怎么想呢？"

"您认为这是摆在眼前的事实，是吗？"波洛问他，同时和黑斯廷斯交换了一个眼神。

"是啊。"格拉汉姆医生解释说，"毕竟克劳德爵士的发明颇有价值。那个外国人是一个人来的，没人知道他的任何事情。一个意大利人，克劳德爵士又是被神秘地毒死……"

"哦，是的！波吉亚家族。"波洛大声说。

"您说什么？"医生问道。

"没什么，没什么。"

格拉汉姆医生拿起他的包准备离开。他对波洛伸出手。"好了,我该走了。"

"再见,暂时告别吧,医生。"波洛和医生握着手说道。

在门口,格拉汉姆停下脚步,回头看着他。"再见,波洛先生。您能确保直到警察来之前,没人动这房间里的任何东西吗?可以吗?这尤其重要。"

"一定,当然,我会亲自负责这件事情。"波洛向他保证。

黑斯廷斯等格拉汉姆离开之后关上门,干巴巴地说:"你知道的,波洛,我可不想在这房子里待着直到生病。首先,这地方显然有个悠游自在的投毒者。其次,还有一件事,我不太信任那个年轻医生。"

波洛戏谑地看了黑斯廷斯一眼。"让我们祈祷一下我们不会在这所房子里待到生病那么长的时间。"他说。然后走到壁炉旁按响了按铃。"现在,我亲爱的黑斯廷斯,开始工作吧。"他宣布道,接着加入到正迷惑地注视着咖啡桌的伙伴身旁。

"你打算做什么?"黑斯廷斯问道。

"你和我,我的朋友……"波洛眨了眨眼回答道,"将要调查凯撒·波吉亚[①]。"

特雷德韦尔进来回应波洛的传唤。"您找我,先生?"管家问道。

"对,特雷德韦尔。你能不能去请那位意大利绅士,卡雷利医生,到这儿来一趟?"

"当然了,先生。"特雷德韦尔回答道。等他离开房间,波洛就从桌子上拿起那盒毒药。"我想我们最好先把这盒非常危险的

[①]教皇亚历山大六世(罗德里格·波吉亚)的私生子,他阴险狡诈,冷酷无情,为实现目标无所不用其极,常用家传毒药"坎特雷拉"(Cantarella)暗杀政敌而被称为"毒药公爵"。

毒药放到一个合适的位置。让我们先做到整洁有序。"

波洛把马口铁盒递给黑斯廷斯，拿了把椅子放在书架旁，然后爬到椅子上。"整洁和对称的老口号，嗯？"黑斯廷斯大声说道，"但不仅仅是这样吧，我猜。"

"你指什么，我的朋友？"波洛问。

"我知道是什么意思，你不想惊动卡雷利。毕竟，昨晚谁碰过那些毒药呢？在所有人当中，就是他。如果他看到毒药放在桌子上，必然会警惕起来。是不是，波洛？"

波洛拍了拍黑斯廷斯的头。"我的朋友黑斯廷斯多机智啊！"他说道，然后从黑斯廷斯手上接过盒子。

"我太了解你了。"黑斯廷斯坚持道，"你别想蒙蔽我。"

黑斯廷斯说话的时候，波洛用手指抹了一下书架的顶部，把灰尘扫到了他朋友仰起的脸上。"对我来说，亲爱的黑斯廷斯，这正是我在做的。"波洛大喊道，小心翼翼地又用手指抹了一下书架，然后做了个鬼脸。"看来我夸奖仆人们的话说得太早了。这书架上积了厚厚的灰尘。我希望手里有块湿抹布能把它擦干净。"

"亲爱的波洛。"黑斯廷斯大笑，"你可不是女佣啊。"

"哎，没错。"波洛伤心地说道，"我只是个侦探！"

"好了，那儿没什么东西可发掘的，"黑斯廷斯说，"下来吧。"

"正如你所说，这儿没什么……"波洛刚开口却又突然停了下来，像石头一样呆呆地站在椅子上。

"怎么了？"黑斯廷斯不耐烦地问他，"快下来吧，波洛。卡雷利医生随时会到。你不想让他看见你站在那儿，是吧？"

"你是对的，我的朋友。"波洛同意道，然后慢慢地从椅子上下来，一脸严肃。

"到底怎么回事?"黑斯廷斯问道。

"我在想一些事情。"波洛回答,眼神恍惚。

"你在想什么?"

"灰尘,黑斯廷斯,灰尘。"波洛用古怪的语气回答。

门开了,卡雷利医生走了进来。他彬彬有礼地和波洛打了招呼,然后两人以对方的母语互相致意。"啊,波洛先生。"卡雷利说道,"您要问我问题?"

"是的,医生,如果您允许的话。"波洛回答。

"啊,您会说意大利语?"

"是的,但我更喜欢讲法语。"

"所以……"卡雷利说,"您有什么想问我的呢?"

"我说……"黑斯廷斯有些恼怒地打断他们,"你们究竟都在说些什么?"

"哦,可怜的黑斯廷斯不是个语言学家。我忘记了。"波洛微笑着说,"我们最好还是讲英语吧。"

"当然,请原谅。"卡雷利同意道。他一脸坦诚地对波洛说:"我很高兴您叫我来,波洛先生。"他申明道,"如果您不叫我,我也会主动请求和您会面。"

"真的吗?"波洛评论道,指了指桌子旁的一张椅子。

卡雷利坐了下来,波洛也坐在了扶手椅上,同时黑斯廷斯舒舒服服地靠在沙发上。"是的。"意大利医生接着说,"碰巧,我在伦敦有些紧急的事务。"

"请继续。"波洛鼓励道。

"好的。当然,我十分了解昨晚的形势。一份重要文件被偷了,当时我是在场唯一的外人。自然,我愿意留下来,接受搜查,实际上是坚持被搜查。作为一个注重名誉的人,我别无选择。"

"确实如此。"波洛同意道,"但是今天?"

"今天不一样。"卡雷利回答,"我刚才说过了,我在伦敦有紧急事务。"

"所以您希望能离开?"

"确实如此。"

"这听起来合情合理。"波洛评论道,"你不这么想吗,黑斯廷斯?"

黑斯廷斯没有回答,但是看起来他好像认为这一点都不合情理。

"也许您对艾默里先生说句话会管用,波洛先生。"卡雷利建议道,"我希望能够避免任何不愉快。"

"我听候您的吩咐,医生。"波洛向他保证,"现在,也许您能在一两个细节上帮助我。"

"我深感荣幸。"卡雷利回答。

波洛沉思了一阵,然后问道:"理查德·艾默里夫人是您的老朋友吗?"

"非常老的朋友。"卡雷利回答说,他叹了一口气,"这真是一个惊喜,在这个偏僻的地方出乎意料地与她相逢。"

"您是说出乎意料?"波洛问道。

"非常出乎意料。"卡雷利回答,飞快地扫了侦探一眼。

"非常出乎意料。"波洛重复着,"太梦幻了!"

紧张的气氛渐升,卡雷利目光锐利地看着波洛,但什么都没说。

"您对近来的科学发现有兴趣吗?"波洛问他。

"当然。我是个医生。"

"哦!但实际上跟您从事的行业不太一致。"波洛评论道。

"新疫苗,新射线,新的微生物,所有这些,确实。但是一种新炸药,这肯定不在医学博士的知识领域之内吧?"

"每个人都应该对科学有兴趣。"卡雷利坚持道,"这代表了人类战胜自然的巨大成就。人类从自然那儿攫取了秘密,却不顾它痛苦的抗议。"

波洛点头表示同意。"您所说的确实令人钦佩。非常有诗意!但是,就像刚才我的朋友黑斯廷斯提醒我的那样,我只是个侦探。我看事情是从更实际的立场出发。克劳德爵士的这个发现值很大一笔钱,对吗?"

"或许吧。"卡雷利语气轻蔑,"我没怎么想过这个方面。"

"很显然您是一个拥有高尚原则的人。"波洛评论说,"而且,毫无疑问,您还是一个拥有财富的人。比如说,旅行就是一种奢侈的爱好。"

"每个人都应该看看他所生活的世界。"卡雷利冷淡地回答。

"确实。"波洛同意道,"还有生活在这个世界上的人们。有些人是好奇的,比如说小偷,他拥有怎样一颗好奇的心啊!"

"就像您所说。"卡雷利同意道,"极其好奇。"

"还有敲诈者。"波洛继续说道。

"您指什么?"卡雷利尖锐地问。

"我是说,敲诈者。"波洛重复道。一阵尴尬的沉默袭来,波洛又继续说道:"不过我们偏离了主题——说回克劳德·艾默里爵士的死。"

"克劳德·艾默里爵士的死?为什么这会是我们的主题?"

"哦,当然。"波洛回过神来,"您至今还不知道,恐怕克劳德爵士不是死于心脏病,他是被毒死的。"他密切关注着意大利人的反应。

"哦!"卡雷利低呼了一声,点了点头。

"您不惊讶吗?"波洛问。

"坦白地说,不惊讶。"卡雷利回答,"我昨晚就这样怀疑了。"

"那么,您瞧……"波洛继续说,"事态变得更严重了。"他的音调变了,"您今天不能离开这所房子,卡雷利医生。"

卡雷利朝波洛问道:"您是把克劳德爵士的死和方程式被盗联系在一起了吗?"

"当然。"波洛回答说,"您没有吗?"

卡雷利飞快而又急切地说:"这所房子里难道没有一个人,没有一个家庭成员希望克劳德爵士死,却和方程式毫无关系吗?他的死对这栋房子里的大多数人意味着什么?让我来告诉您吧。他的死意味着自由,波洛先生。自由,还有您刚才提到的——钱。那老头是个专横的人,除了他所热爱的工作,他还是个守财奴。"

"您昨天晚上就注意到这一切了吗,医生?"波洛故作天真地问道。

"是又怎样?"卡雷利回答说,"我有眼睛,我看得到。这房子里至少有三个人希望克劳德爵士别碍事。"他站起身来,看了看壁炉上的钟,"但是现在我不关心这些。"

黑斯廷斯向前探身,看起来对此十分感兴趣。卡雷利继续说:"真焦心,我去不了伦敦了。"

"我很遗憾,医生。"波洛说道,"但我也没办法。"

"好吧,接下来,您还需要我吗?"卡雷利问。

"暂时不需要。"波洛告诉他。

卡雷利医生向门口走去。"我要再告诉您一件事,波洛先生。"他打开门,转过身来对侦探说道,"有种女人被逼急了是很危险的。"

波洛礼貌地向他鞠了一躬,卡雷利略带讽刺地鞠躬回礼,便离开了。

第十二章

卡雷利离开了房间,黑斯廷斯盯了一会儿他的背影,然后开口道:"我说,波洛。"他最终问道,"你认为他到底在指什么?"

波洛耸了耸肩。"我的结论是,没什么。"他断言。

"但是波洛……"黑斯廷斯坚持说,"我敢肯定卡雷利想告诉你一些事情。"

"再按一下铃,黑斯廷斯。"小个子侦探只是这样回复道。

黑斯廷斯照吩咐做了,但又忍不住问:"你现在准备怎么做?"

波洛高深莫测地回答:"你会明白的,亲爱的黑斯廷斯。耐心是一种美德。"

特雷德韦尔再次进入房间,以他惯有的尊敬态度问道:"您找我,先生?"

波洛对他和蔼地微笑。"哦,特雷德韦尔,你能否代我向卡洛琳·艾默里小姐问好,再问问她是否可以允许我占用她几分钟的时间?"

"当然,先生。"

"谢谢你,特雷德韦尔。"

管家离开以后,黑斯廷斯喊道:"但是那老人还在床上呢。你不打算在她不舒服的时候还让她起床吧?"

"我的朋友黑斯廷斯知道所有的事！比如她在床上躺着，是吗？"

"好吧，难道不是吗？"

波洛亲切地拍了拍他朋友的肩膀，说："这正是我想知道的。"

"但是，确实是……"黑斯廷斯说，"你不记得了？理查德·艾默里这么说过。"

侦探静静地注视着他的朋友。"黑斯廷斯。"他说，"这儿有个人被杀，他的家人有什么反应呢？谎言，谎言，到处是谎言！为什么艾默里夫人想让我走？为什么艾默里先生想让我走？为什么他想阻止我见他姑妈？她能告诉我什么他不想让我听到的事情？我告诉你，黑斯廷斯，这儿上演了一出戏！不是简单的、卑鄙的犯罪，而是一出戏，辛酸的人性戏剧！"

要不是这个时候艾默里小姐进来了，他看起来还会在这个话题上拓展。"波洛先生。"她一边关门，一边向波洛说道，"特雷德韦尔告诉我说您想见我。"

"哦，是的，小姐。"波洛说着走向她，"我只是想问您几个问题。您不介意坐下来谈吧？"他把她引到靠桌子的椅子旁，她坐了下来，紧张地看着波洛。"但我听说您卧病在床？"波洛说着在桌子的另一边坐下，用热切关心的目光注视着她。

"当然，这是个可怕的打击。"卡洛琳·艾默里感叹道，"真可怕！但我总是说，需要有人保持清醒的头脑。仆人们，您知道，正陷入一片混乱。"她以稍快的语调继续说道，"您知道仆人们是什么样子，波洛先生，他们对葬礼感到兴奋。他们更喜欢葬礼而不是婚礼，我确信。现在，亲爱的格拉汉姆医生，他是那么和蔼，那么令人安慰。他是一个真正聪明的医生，而且他非常喜欢芭芭拉。我觉得理查德看起来不怎么在意他，这非常遗憾，但是……我在说什么？哦，是格拉汉姆医生，那么年轻，而且他去年彻底治愈了我的神经炎。我并不经常生病。现在年轻一代的身体根本就不强壮。昨天晚上可怜的露西娅就因为头晕不得不离开餐桌，当然了，可怜的孩子，她有些神经紊乱，但你还能指望她的意大利血统做什么呢？尽管她身体并不太差，我记得，她的钻石项链被偷的时候……"

艾默里小姐停下来喘了口气。在她讲话的时候，波洛从香烟盒里拿出一支纸烟正准备点燃，但他停了下来、借此机会问道："艾默里夫人的钻石项链被偷了？这是什么时候发生的事，小姐？"

艾默里小姐做出一副深思的样子，说："让我想想，一定是……对了，两个月以前，和理查德与他父亲吵架的时间一致。"

波洛看着手中的烟。"您允许我抽烟吗，女士？"他问，艾默里小姐微笑着，亲切地点点头表示同意。波洛从衣袋里拿出一盒火柴，点了烟，鼓励地看着艾默里小姐。但是这位女士并不打算重新开始讲话，波洛提示她："我记得您正谈到艾默里先生和他父亲吵架的事情。"

"哦，那没什么要紧的。"艾默里小姐告诉他，"只不过是关于理查德的债务。当然，所有的年轻人都有债务！虽然，事实上，克劳德从来不这样，他总是很慎重，甚至在他还是个孩子的时候就这样。当然，到后来他的实验总是要花很多钱。我曾经跟他讲，他让理查德过得太拮据了，你知道的。但两个月前，他们才真正吵起来，之后露西娅的项链就丢了，而且她还拒绝报警。那段时间真是令人心烦意乱，而且也很荒唐。神经，都发神经了！"

"我抽烟确实没有打扰到您吧,小姐?"波洛举着他的烟问道。

"哦,没有,一点都没有。"艾默里小姐向他保证,"我认为绅士应该抽烟。"

波洛注意到他的纸烟已经熄灭了,就从身前的桌子上重新拿起了火柴盒。"年轻漂亮的女性如此冷静地看待自己的珠宝失窃,岂非异乎寻常?"他问道,然后重新点了烟,小心翼翼地把用过的两根火柴放到盒子里,然后又把火柴盒放回口袋。

"是啊,是有些古怪。这正是我想说的。"艾默里小姐表示同意,"显然古怪!但是,她好像很少在意什么事情。哦,天啊,我这是在讲一些您不会感兴趣的闲话,波洛先生。"

"但您的话已经引起了我巨大的兴趣,女士。"波洛确认道,"告诉我,昨晚艾默里夫人因为头晕而离开餐桌以后,是上楼了吗?"

"哦,没有。"卡洛琳·艾默里答道,"她来到了这个房间。我把她安置在长靠椅那儿,然后我回了餐厅,留下理查德陪她。年轻的丈夫和妻子,您知道,波洛先生!现在这些年轻人可不像我还是小女孩的时候那么浪漫了。哦,天啊!我记得一个叫阿洛伊修斯·琼斯的年轻人,我们常在一起玩槌球游戏。愚蠢的家伙,愚蠢的家伙!啊,我又跑题了,我们在谈理查德和露西娅。他们真是赏心悦目。对,您不这样认为吗,波洛先生?他是去年十一月在意大利遇见她的,您知道,在意大利的湖边,去年十一月,一见钟情。他们在一周内就结了婚。她是个孤儿,茕茕孑立,真令人怜惜,虽然有时候我很疑惑这是福还是祸呢。如果她有很多外国亲戚的话,可有点令人难受,是不是?毕竟,您该知道那些外国人是什么样子!他们……哦!"她突然停住了,尴尬沮丧地从椅子上转过来看着波洛,"哎呀,请您原谅!"

"没关系,没关系。"波洛嘟囔着,饶有兴味地瞥了黑斯廷斯一眼。

"我真蠢!"艾默里小姐慌乱地道歉,"我不是指……当然,您的情况完全不同。'勇敢的比利时人',战争时期我们常这么说。"

"请不要太在意。"波洛安抚她。过了一会儿,好像是她提及战争让他想起了一些事情,他又说:"我认为,或者说我听说,书架顶上的那盒药品是战争时期的遗物。昨天晚上你们所有人都检查过那盒子,是吗?"

"是的,没错。我们都看过。"

"那么,为什么大家要检查它呢?"波洛询问。

艾默里小姐回忆了一下才回答:"嗯,怎么发生的?哦,对了,我想起来了。我说我想要一些碳酸铵溶液,芭芭拉就把盒子取下来看看。然后绅士们进来了,卡雷利医生讲的那些事情把我吓死了。"

黑斯廷斯开始表现出极大的兴趣,而波洛示意艾默里小姐继续说。"您是指卡雷利医生谈到关于毒药的事情吗?我猜他看了所有的药,还彻底地检查了那些毒药吧?"

"没错。"艾默里小姐承认,"他还拿起了其中一支玻璃试管,它有一个单纯的名字——溴化物,我常用它治晕船。他说只用一点那种东西,足以毒死十二个强壮的男人!"

"是天仙子碱溴氢酸盐吗?"波洛问。

"请您再说一遍?"

"卡雷利医生提到的是天仙子碱溴氢酸盐吗?"

"对,对,就是这个。"艾默里小姐高喊,"您真聪明!然后露西娅从他手里拿过来,重复他讲的话——关于无梦的睡眠之类。我讨厌现代那些神经质的诗。我总是说,自从亲爱的丁尼生大人[①]死了以后,就没人能写好诗……"

"天哪。"波洛喃喃道。

"您说什么?"艾默里小姐问。

"哦,我只是在想亲爱的丁尼生大人。请继续,紧接着又发生了什么事?"

"紧接着?"

"您正在给我们讲昨天晚上的事情。就在这儿,在这个房间……"

"哦,对,芭芭拉想要放一支非常粗俗的歌曲,我是指在留声机上。幸运的是,我阻止了她。"

"我明白了。"波洛低声说,"那么医生拿起的那支小试管,是满的吗?"

"哦,是的。"艾默里小姐毫不犹豫地回答,"因为当医生说起无梦睡眠的时候,他说半试管的药片就够用了。"

艾默里小姐站起身来,离开了桌子。"您要知道,波洛先生……"她继续说着,波洛也跟着她站了起来,"我自始至终都在说,我不喜欢那个人,那个卡雷利医生。他的态度不诚恳,油腔滑调的。当然,我不能在露西娅面前这么说,毕竟他可能是她的朋友,但我不喜欢他。您也看得出,露西娅很容易信任别人。我确信这个人费尽心机取得她的信任,从而受邀到这所房子来,然后趁机偷方程式。"

波洛疑惑地注视着艾默里小姐,然后问道:"那么,毫无疑

[①] 阿尔弗雷德·丁尼生(Alfred, 1809-1892),维多利亚时期著名诗人之一。他的诗作题材广泛:科学主题,宗教信仰,对政治和历史的关注等。

问您认为是卡雷利医生偷了克劳德爵士的方程式?"

艾默里小姐吃惊地看着侦探。"亲爱的波洛先生!"她喊道,"谁还会这样做呢?他是现场唯一的外人。自然,我弟弟不想谴责一个客人,所以才给了他一次归还文件的机会。我认为他做得很漂亮,确实非常漂亮。"

"的确如此。"波洛巧妙地表示同意,友好地搂着明显不高兴的艾默里小姐的肩膀。"女士,我要做一个小小的试验,希望您能配合我。"他说着移开胳膊,"昨晚灯熄灭的时候您坐在哪儿?"

"在那儿。"艾默里小姐指着长靠椅说道。

"那您能再坐到那儿一次吗?"

艾默里小姐走到长靠椅跟前坐下。"现在,小姐……"波洛宣布,"我需要您竭尽全力地去想。请您闭上眼睛。"

艾默里小姐按要求做了。"这就对了。"波洛继续说,"现在,想象您又回到了昨天晚上。真暗啊,您什么都看不到,但您能听到。让自己回到过去。"

艾默里小姐照字面意思靠到了长靠椅上。①"啊,不是。"波洛说,"我是指让您的思想回到过去。您能听见什么?这就对了,回顾过去。告诉我在黑暗中您听到了什么?"

艾默里小姐被侦探显而易见的热忱所打动,努力照他的要求去做。等了一会儿,她突然开始慢慢地说:"喘息声。"她说道,"很多细微的喘气声,然后是椅子跌倒的声音和金属的叮当声。"

"像这样吗?"波洛问道,然后从口袋里掏出钥匙扔到地板上,但并没弄出声音。艾默里小姐等了一会儿,表示她什么都没

---

①上文中的"让自己回到过去"(throw your back)也可以理解为"放松你的后背"。

听到。"好吧,也许像这样?"波洛又试了一次,从地板拾起钥匙,猛地敲了一下咖啡桌。

"怎么回事?这正是我昨晚听到的声音!"艾默里小姐喊道,"真奇怪!"

"我恳请您继续,女士。"波洛鼓励她。

"好吧,我听到露西娅在尖叫并喊克劳德爵士。然后就响起了敲门声。"

"就这些?您肯定?"

"是的,我想就这些。哦,等一下!在刚开始的时候有一种奇怪的声音,像是在撕扯丝绸。我猜是谁的裙子。"

"您认为是谁的裙子呢?"波洛问。

"应该是露西娅的。不可能是芭芭拉,因为她就坐在我右边,在这儿。"

"真怪。"波洛若有所思地低喃。

"真的就这些了。"艾默里小姐总结道,"现在我可以睁开眼了吧?"

"哦,是的,当然,女士。"

等她睁开眼睛,波洛又问:"是谁给克劳德爵士倒的咖啡呢?是您吗?"

"不是。"艾默里小姐告诉他,"是露西娅倒的。"

"具体是什么时候?"

"应该是我们刚刚谈论完那些可怕的毒药之后。"

"是艾默里夫人亲自把咖啡端给克劳德爵士的吗?"

卡洛琳·艾默里停下来想了一下。"不是。"她肯定地说。

"不是?"波洛问,"那是谁呢?"

"我不知道,我不能肯定,让我想想。哦,对了,我想起来了！克劳德爵士的咖啡杯在露西娅杯子的旁边。我能想起这点，是因为雷纳先生正要把咖啡端去给书房里的克劳德爵士的时候，露西娅叫他回来说他拿错杯子了，真够傻的，这两杯是完全一样的黑咖啡，没有放糖。"

"所以……"波洛说，"是雷纳先生把咖啡拿给克劳德爵士的？"

"对，或者说大概是。不，是这样的，理查德拿走了咖啡，因为芭芭拉想和雷纳跳舞。"

"哦！所以是艾默里先生把咖啡送到爵士手里的？"

"是的，就是这样。"艾默里小姐确认道。

"哦！"波洛大声说，"告诉我，这之前艾默里先生在干什么？跳舞？"

"哦，不是。"艾默里小姐回答，"他在收拾那些药品，把它们全都整整齐齐地放回盒子里去，您知道。"

"我明白了，我明白了。那么，克劳德爵士是在书房喝的咖啡？"

"我猜他在书房里喝了一些。"艾默里小姐回忆道，"他进来的时候拿着咖啡杯。我记得他抱怨咖啡的味道，说是太苦了。但我向您保证，波洛先生，那绝对是最棒的咖啡。我亲自从伦敦的陆军和海军商店订购的特殊混合口味。您知道，就是维多利亚街上那家极好的百货公司。非常方便，离火车站不远。我——"

她的话被开门走进来的爱德华·雷纳打断了。"我打扰到你们了吗？"秘书问，"非常抱歉。我想找波洛先生，不过我可以等会儿再来。"

"不，不用。"波洛说道，"我不该再折磨对这位可怜的女士了。"

艾默里小姐站了起来。"我恐怕没告诉您什么有用的事情。"她一边道歉,一边向门口走去。

波洛站起来,走到她前面。"您告诉了我很多事,小姐。也许比您想象的要多。"他向艾默里小姐保证道,然后替她打开了门。

第十三章

送走艾默里小姐之后,波洛把注意力转向爱德华·雷纳。"现在,雷纳先生。"他一边说着,一边打手势示意秘书坐到椅子上,"让我来听听你要告诉我什么。"

雷纳坐了下来,诚挚地注视着波洛。"艾默里先生刚刚告诉我有关克劳德爵士的消息,我指的是他的死因。真是件奇怪的事,先生。"

"这让您很震惊吧?"波洛问。

"当然。我真不相信会发生这种事。"

波洛靠近雷纳,把之前找到的钥匙交给他,并且敏锐地观察对方。"您以前见过这把钥匙吗,雷纳先生?"他问。

雷纳接过钥匙,一脸迷惑地在手上翻来覆去地看了看。"这看起来像是克劳德爵士保险柜的钥匙。"他说道,"但我从艾默里先生那儿得知,克劳德爵士的钥匙在他自己的钥匙串上,妥善保管着。"他把钥匙递还给波洛。

"没错,这就是克劳德爵士书房里的保险柜的钥匙,不过它是复制品。"波洛告诉他,又用慢条斯理的语气强调,"这把复制钥匙就扔在您昨天晚上坐过的椅子旁边。"

雷纳毫不畏惧地看着侦探。"如果您认为是我扔的,那您就大错特错了。"他声明道。

波洛用探索的眼光打量了他一会儿,然后像是满意了一般点了点头。"我相信您。"他说,接着轻快地走到长靠椅那儿坐下,搓了搓双手,"现在,我们开始吧,雷纳先生。您是已故的克劳德爵士的机要秘书,对吧?"

"没错。"

"那您对他的工作很了解喽?"

"对。我接受过不少科学方面的训练,而且偶尔帮他做实验。"

"您知道什么事情有助于解决这桩不幸事件吗?"波洛问。

雷纳从口袋里掏出一封信。"我只知道这个。"他回答道,然后站了起来,走到波洛面前,把信递给他,"我的一项任务是拆阅并对克劳德爵士所有的信件进行分类。这封是两天前到的。"

波洛接过信件,大声读了起来:"'您在怀里养了条毒蛇。'怀里?"波洛质疑道,转向黑斯廷斯又继续读,"'小心塞尔玛·戈茨一伙。您的秘密被他们知道了。当心!'署名是'看守'。嗯,多么有趣啊,还很有戏剧性。黑斯廷斯,你会喜欢这个的。"波洛评论着,把信递给他的朋友。

"我想知道……"爱德华·雷纳说,"塞尔玛·戈茨是谁?"

波洛靠回沙发上,指尖合拢,说道:"我想我可以满足您的好奇心,先生。塞尔玛·戈茨是有史以来最成功的国际间谍,她还是一个非常美丽的女人。她曾为意大利、法国和德国工作,我认为她最终为俄国效力。没错,她曾经是个非凡的女人,塞尔玛·戈茨。"

雷纳向后退了一步,尖声问道:"曾经?"

"她已经死了。"波洛说,"去年十一月死在热那亚。"

黑斯廷斯正一脸困惑地对着信摇头,波洛从他手上把信抢了回来。

"那这封信一定是个骗局。"雷纳喊道。

"我很好奇。"波洛嘟囔着,"上面写着'塞尔玛·戈茨一伙'。塞尔玛·戈茨有个女儿,雷纳先生,是个漂亮的女孩。她母亲死后她就消失得无影无踪。"他把信放进了口袋。

"会不会是……"雷纳刚开口,却又停了下来。

"什么?您准备说什么,先生?"波洛催问他。

雷纳凑近侦探,急切地说道:"艾默里夫人的意大利女仆。夫人从意大利带来的,一个非常可爱的姑娘。她叫维多利亚·穆齐奥,她有可能是塞尔玛·戈茨的女儿吗?"

"嗯,有这种可能。"波洛显得很认真。

"我去把她叫来。"雷纳建议道,转身要走。

波洛站了起来。"不,不,等一下。首先,我们不要打草惊蛇,让我先跟艾默里夫人谈谈。她应该可以告诉我这个姑娘的一些事情。"

"也许您是对的。"雷纳赞同地说,"我立刻去告诉艾默里夫人。"

秘书下定决心般离开了房间,黑斯廷斯靠近波洛,非常激动地说:"就是这样,波洛!卡雷利和意大利女仆共谋,他们都在为某个外国政府工作,是不是?"

波洛陷入深思,没有注意他的朋友。

"波洛?你不觉得是这样吗?要我说,一定是卡雷利和女仆串通好了。"

"哦,没错,这正是你会说的,我的朋友。"

黑斯廷斯像是受到了冒犯。"好吧,那你是怎么想的?"他用受伤害的语调问波洛。

"有几个问题需要回答,亲爱的黑斯廷斯。为什么两个月前艾默里夫人的项链会被盗?她为什么在那种情况下拒绝报警?为什么?"

这时露西娅·艾默里拿着手提包走进来打断了他。"听说您想见我,波洛先生。是吗?"她问。

"是的,夫人。我就是想简单地问您一些问题。"他指着桌子旁的一把椅子,"您请坐。"

露西娅走到椅子跟前坐下,波洛转过来对黑斯廷斯说:"我的朋友,窗外的花园非常好。"波洛说着便抓住黑斯廷斯的胳膊,轻轻地把他推向落地窗。黑斯廷斯有些不太愿意离开,但是波洛很坚持——他的态度虽然温和但却坚定。"走吧,我的朋友,去欣赏大自然的美丽。千万不要错过一个可以欣赏大自然美景的机会。"

尽管有点不情愿,黑斯廷斯还是出了门。外面的天气很暖和,阳光明媚,他决定好好利用这个机会探索一下艾默里家的花园。他漫步穿过草坪,向树篱走去。篱笆后面是一个看起来非常吸引人的私人花园。

正当黑斯廷斯沿着篱笆散步的时候,他察觉到近旁有说话的声音。走近后,他才认出是芭芭拉·艾默里和格拉汉姆医生。两个人坐在长椅上,在篱笆的另一边,看起来正在促膝谈心。黑斯廷斯停下来听他们谈话,希望能够偷听到有关克劳德爵士的死因或者方程式丢失的事情,说不准告诉波洛后会对破案有帮助。

"很明显他认为乡村医生配不上他漂亮的堂妹,这是他不赞成我们见面的根本原因。"肯尼斯·格拉汉姆正说着。

"哦,我知道理查德是个老顽固,像年纪大他两倍的人一样行事。"是芭芭拉的声音在回答,"但我认为你不该受他的影响,肯尼斯。我从不在意他的想法。"

"好了，我也不会在意的。"格拉汉姆医生说，"但是，你瞧，芭芭拉，我请你在这里见我，是想跟你私下里谈谈，不想被你家人看到或听到。首先，我需要告诉你，毫无疑问，昨天晚上你叔叔是被毒死的。"

"哦，是吗？"芭芭拉听起来并不感兴趣。

"你好像一点儿都不吃惊。"

"哦，我想我是有点吃惊。毕竟，家庭成员被毒死不是每天都会发生的事，是吧？但我必须承认对他的死我并没有特别沮丧。实际上，我觉得高兴。"

"芭芭拉！"

"好了，不要假装你很惊讶，肯尼斯。你无数次地听我说过那卑鄙的老头怎样怎样的，他并不真正关心我们中的任何一个人，他只对他那腐朽的旧实验感兴趣。他对理查德非常恶劣，而且理查德从意大利把露西娅娶回来的时候，他也没有特别欢迎露西娅。露西娅多可爱啊，和理查德是绝配。"

"芭芭拉，亲爱的，我不得不问你些事情。我保证你对我说的任何话都不会泄露出去。如有必要我会保护你的。但告诉我，你知道什么事情——任何事情——和你叔叔的死有关吗？你有理由怀疑理查德，比如，他因为财务危机而想要杀死他父亲，以便继承他的遗产吗？"

"我不想继续这番对话了，肯尼斯。我以为你让我出来是要悄悄跟我说些甜言蜜语，而不是指控我堂兄是凶手。"

"亲爱的，我不是在指控理查德。但你一定也承认，这里有什么事不对劲儿。理查德不想让警察来调查他父亲的死，这看起来像是他害怕有什么事会被揭露出来。当然，他没办法阻止警察来接管这个案子。但很明显由于我促成了官方的调查,他对我十分生气。可我只是履行了一个医生的职责,我怎么可能签一份死亡证明说克劳德爵士是死于心脏病突发?看在老天的分上,几周前我最后一次给他做常规检查的时候,他的心脏一点问题都没有。"

"肯尼斯,我不想再听下去了。我要进屋去。你自己可以穿过花园出去吧?我们下次再见吧。"

"芭芭拉,我只想……"但是她已经走了,格拉汉姆医生像抱怨一般深深地叹了口气。此时,黑斯廷斯觉得还是在他们俩还没看见自己时赶快退回房子里比较妥当。

第十四章

黑斯廷斯在赫尔克里·波洛的催促下,毫不情愿地进了花园后,小个子侦探赫尔克里·波洛谨慎地关上了落地窗,然后把注意力转回到露西娅·艾默里身上。

露西娅紧张地看着波洛。"我听说您想问我关于我的女仆的事情,波洛先生。是雷纳先生告诉我的。但她是个好姑娘,我保证她没什么问题。"

"夫人。"波洛回答,"我并不想跟您聊女仆的事。"

露西娅很震惊,又说道:"但是雷纳先生说——"

波洛打断她:"恐怕我有自己的理由想让雷纳先生这么认为。"

"好吧,那您想谈什么?"现在露西娅的声音充满了警惕。

"夫人。"波洛说道,"您昨天实在是给予了我很高的赞美。您说,您第一眼看到我——您确实说了——就信任我。"

"那又怎么样?"

"夫人,请您现在也相信我!"

"什么意思?"

波洛庄严地注视着她。"您拥有年轻、美貌、爱情和别人艳羡的眼光,一个女人想要并渴求的所有东西。可是有一样东西,夫人,您没有。一个忏悔神父!让波洛老爹暂代这个角色吧。"

露西娅正要开口讲话,波洛打断了她。"等等,您拒绝前先好好想一想，夫人。是您要求我留下来的。我在这儿是为了帮您。我仍然希望能为您服务。"

露西娅突然发了脾气，回答道："您现在对我最好的帮助就是马上离开，先生。"

"夫人，"波洛平静地继续说，"您知道警方就要介入了吗？"

"警方？"

"没错。"

"是谁叫来的？又为了什么？"

"格拉汉姆医生和他的同事们……"波洛告诉她，"已经发现克劳德爵士是被毒死的。"

"哦，不！不！不是这样的！"露西娅声音中的恐惧更甚于吃惊。

"就是这样。所以您瞧，夫人，您只剩很少的时间去决定怎么做最明智了。目前，我为您服务。以后，我也许不得不主持正义了。"

露西娅的目光探寻着波洛的脸，好像在试图决定是否要信任波洛。最后，她支吾着问道："您想让我怎么做？"

波洛坐下来面对着她。"您想怎么样？"波洛自言自语，然后，他和蔼地向露西娅建议，"为什么不简单地告诉我事实呢，夫人？"

露西娅停顿了一会儿。接着她把手伸向波洛，开始说："我……我……"她又停了下来，犹犹豫豫的，然后她露出了坚定的表情。"真的，波洛先生，我没明白您的意思。"

波洛敏锐地注视着她。"哦！您不明白，是吗？我很遗憾。"

露西娅稍稍恢复了些镇静，冷冰冰地说道："如果您能告诉我您需要什么，我可以回答您提出的任何问题。"

"所以啊！"小个子侦探喊道，"您要跟赫尔克里·波洛斗智，是吗？非常好。但有一点是肯定的，夫人，无论如何我们都会得知真相。"他敲着桌子，"只不过过程会不太愉快。"

"我没什么好隐瞒的。"露西娅坚定地说。

波洛从口袋里拿出爱德华·雷纳交给他的信，递给露西娅。"几天前，克劳德爵士收到了这封匿名信。"他说。

露西娅把信浏览了一遍，显然无动于衷。"好吧，这怎么了？"她评论道，然后把信交还给波洛。

"您以前听说过塞尔玛·戈茨这个名字吗？"

"从没听说过。她是谁？"露西娅问。

"她死了，死在热那亚，去年十一月。"波洛说。

"真的吗？"

"也许您在那儿见过她，"波洛说着，把信揣回口袋里，"实际上，我认为您确实见过她。"

"我这辈子都没去过热那亚。"露西娅高声强调。

"但是，如果有人说在那儿见过您呢？"

"他们也许……他们也许搞错了。"

波洛继续说："但我听说，夫人，您第一次见到您丈夫就是在热那亚吧？"

"是理查德说的吗？他真笨！我们第一次见面是在米兰！"

"那么在热那亚跟您在一起的女人——"

露西娅生气地打断他："我告诉过你我从未去过热那亚！"

"哦，请您再说一遍！"波洛大声说，"当然，您刚刚才说过。但这很奇怪！"

"什么很奇怪？"

波洛闭上眼睛靠回椅背，从唇缝里挤出声音道："我要给您讲个小故事，夫人。"他宣布道，然后掏出一个小笔记本，"我有个朋友，为伦敦的一家杂志提供摄影服务。他照一些，你们怎么说来着？伯爵夫人或者其他上流社会的夫人在利多①的海滩边游泳的快照之类的东西。"波洛翻了一下小本子，然后继续说，"去年十一月，我的这个朋友迟到热那亚，他认出了一个臭名昭著的女士——德·吉尔斯男爵夫人，当时她这样称呼自己，而且她还是某著名法国外交官的情人。整个世界都在谈论她，但这位夫人不在乎，她只在乎那位外交官谈论的内容。他比较多情，却不够谨慎，您明白吧？"波洛一脸无辜地中断了叙述，"我希望没让您无聊吧，夫人？"

"一点儿也不。但我听不出这个故事到底想表达什么。"

波洛浏览着小本子上的内容，继续说道："马上就要讲到重点了，我向您保证，夫人。我的朋友让我看了一张他拍的快照。我们都同意这个德·吉尔斯男爵夫人是一个非常美丽的女人，所以我们对外交官的行为一点儿都不感到惊讶。"

"就这些吗？"

"不，夫人。您瞧，照片里这位女士并不是一个人，她和女儿走在一起。而她的女儿，夫人，拥有非常漂亮的面孔，而且，是一张让人难以忘怀的面孔。"波洛站起身来，颇有修养地鞠了一躬，合上了小本子，"当然，我一到这里，立刻就认出了那张脸。"

露西娅看着波洛，急促地吸了一口气。"哦！"她喊道。过了一会儿，她镇定下来，笑了起来。"我亲爱的波洛先生，这可真是个奇怪的误会。当然，我现在明白您所有的问题了。我想起

---

①意大利威尼斯附近的一个小岛，为著名的游乐地。

了德·吉尔斯男爵夫人,还有她的女儿。她的女儿是个非常迟钝的女孩,母亲却吸引了我。我觉得她非常浪漫,陪她散过几次步。我想我的投入让她感到了愉悦,但毫无疑问这引起了误会,让有些人以为我一定是她的女儿。"露西娅陷到了椅子里。

波洛缓缓点头表示理解,露西娅明显地放松了下来。突然,侦探靠向桌子,对她说道:"但我认为您根本没去过热那亚。"

露西娅吓了一跳,倒吸一口气。她瞪着把小本子放回夹克衫内袋里的波洛。"您没有照片。"她说道,半信半疑。

"没有。"波洛承认,"我没有照片,夫人。我知道塞尔玛·戈茨在热那亚用的名字。至于我朋友和他拍的照片,这些都是我并无恶意的小小杜撰。"

露西娅跳了起来,眼里闪着怒火。"您给我设陷阱!"她暴怒地喊道。

波洛耸了耸肩,承认道:"是的,夫人。我恐怕别无选择。"

"可这些跟克劳德爵士的死又有什么关系呢?"露西娅环视四周,像在对自己低声地抱怨。

波洛没有回答,而是假装漠不关心地抛出了另外一个问题。"夫人。"他拂了拂夹克衫上假想的尘土,问道,"不久前您丢过一串贵重的钻石项链,这是真的吗?"

露西娅瞪着他。"我再问一次。"她从牙缝里挤出几个字,"这跟克劳德爵士的死有什么关系?"

波洛讲得慢条斯理,从容不迫。"先是丢失的项链,然后是丢失的方程式。它们都值一大笔钱。"

"您什么意思?"露西娅吸了一口气。

"我是说,夫人,我想让您回答下面这个问题。这次,卡雷利医生想要多少?"

露西娅避开波洛的视线。"我……我……我不想回答更多的问题了。"她低声道。

"因为您害怕？"波洛走近她，问道。

露西娅再次转向他，反抗式地猛然把头向后一扭。"不。"她坚持道，"我不害怕。我只是不知道您在说什么！为什么卡雷利医生会找我要钱？"

"换取他的沉默。"波洛回答，"艾默里家族的人都非常骄傲，您不想让他们知道您是塞尔玛·戈茨的女儿！"

露西娅瞪着波洛，好一会儿没有回话。然后，她垂下肩，跌坐到凳子里，用手撑着头。至少过了一分钟，她才抬起头来叹了口气。"理查德知道吗？"她喃喃道。

"他还不知道，夫人。"波洛慢慢地回答。

露西娅绝望地祈求道："不要告诉他，波洛先生！请不要告诉他！他是多么以他的家族为荣，以他的名誉为荣！我嫁给他是我的不对！但当时我处境悲惨。我厌恶那种生活，被迫和我母亲过的那种可怕的生活。我觉得屈辱。但我能怎么做？然后，妈妈死了，我终于自由了！自由地过坦率的生活！远离谎言和诡计！我遇到了理查德。这是我有生以来经历过的最美好的事情。理查德走进了我的生活。我爱上了他，而且他也想和我结婚。我怎么能告诉他我是谁？我为什么一定要告诉他呢？"

"然后……"波洛温和地提示道，"卡雷利在某个地方看到您和艾默里先生在一起并认出了您，然后开始敲诈您？"

"对，但我自己没有钱。"露西娅吸了一口气，"我卖了项链付给他钱，以为这样就结束了。但昨天他出现在这儿，他听说了克劳德爵士发明的那个方程式。"

"他想让您帮他偷方程式？"

露西娅叹息道:"没错。"

"那您偷了吗?"波洛靠近她问。

"您不会相信我了,现在……"露西娅喃喃道,忧愁地摇了摇头。

波洛同情地注视着这个年轻漂亮的女人。"会的,会的,我的孩子。"他向她保证,"我仍然会相信您。拿出勇气,信任波洛老爹,好吗?告诉我真相就好。您拿了克劳德爵士的方程式吗?"

"不,不,我没有,我没有!"露西娅激动地辩白道,"但我确实打算偷。卡雷利用我弄来的印模做了一把克劳德爵士保险柜的钥匙。"

波洛从口袋里掏出一把钥匙给她看:"是这把吗?"

露西娅看了看钥匙。"对,整个过程很容易。卡雷利给了我这把钥匙。我在书房里正准备开保险柜的时候,克劳德爵士进来发现了我。这是实话,我发誓!"

"我相信您,夫人。"波洛说。他把钥匙放回口袋里,走到扶手椅那儿坐下,指尖合拢,思量了一阵子。"尽管如此,您还是热切地赞同克劳德爵士突然熄灯的计划?"

"我不想被搜身。"露西娅解释说,"卡雷利给我钥匙的时候还给了我张字条,都在我身上呢。"

"您怎么处理它们的?"波洛问她。

"灯熄了之后,我把钥匙朝尽可能离我远的地方扔过去。就在那儿。"她指着爱德华·雷纳前一天晚上坐过的方向。

"还有卡雷利给您的字条呢?"波洛继续问道。

"我不知道怎么处理字条。"露西娅站起来,走近桌子,"所以我把它夹到书页里。"她从桌子上拿起一本书,找了找。"对,它还在这儿。"她把字条抽出来说道,"您想看看吗?"

"不,夫人,那是您的。"波洛毫不犹豫地说道。

露西娅坐到桌旁的椅子上,把字条撕成小碎片放进手提包里。波洛观察着她,沉默了一会儿,又问:"还有一个小问题,夫人。您碰巧,昨天晚上撕过衣服吗?"

"我?没有呀!"露西娅很惊讶。

"在一片漆黑的那几分钟内……"波洛问道,"您听到过撕扯衣服的声音吗?"

露西娅思索了一下,然后说道:"是的,既然您现在提起来,我相信我听到过。但那不是我的衣服,可能是艾默里小姐或芭芭拉的。"

"好了,我们不用操心这个。"波洛不屑一顾地说,"现在,我们谈谈别的事情。昨晚是谁给克劳德爵士倒的咖啡?"

"是我。"

"然后您把它放在桌子上,就放在您自己的杯子旁边?"

"对。"

波洛站起来,隔着桌子靠向露西娅,突然向她抛出下一个问题:"您往哪个杯子里放了天仙子碱?"

露西娅激动地看着他。"您是怎么知道的?"然后倒吸了一口气。

"我的工作就是去发掘真相。哪个杯子,夫人?"

露西娅叹息道:"我自己的。"

"为什么?"

"因为我……我想死。理查德怀疑我和卡雷利之间有什么事,怀疑我们有私情。其实他的猜测与事实完全相反。我讨厌卡雷利!我真的很讨厌他。但是,因为我没能给他偷到方程式,我敢肯定他会向理查德揭发我。自杀是一种解脱,唯一的解脱。迅速的、无梦的一觉,不会再醒来,正如他说的。"

"是谁对您说的?"

"卡雷利医生。"

"我开始明白了,我开始明白了。"波洛慢慢地说。他指着桌子上的咖啡杯,问:"那么,这个是您的杯子?满满一杯,没有喝过?"

"是这杯。"

"是什么使您改变了想法,没有喝下去呢?"

"理查德过来了。他说他会带我走,到国外,他有办法弄到所需的钱。他把我拉回来了,我对未来有了希望。"

"现在,仔细听我说,夫人。"波洛庄重地说,"今天早晨,格拉汉姆医生拿走了克劳德爵士椅子旁边的咖啡杯。"

"哦?"

"他的同事在这个杯子里除了咖啡渣什么也不会找到。"他停下来。

露西娅没有看他,回答道:"当……当然。"

"是这样吗?"波洛坚持问道。

露西娅直直地看着前方,没有回答。然后,她抬起头来看着波洛,大声说:"您为什么这样盯着我?您吓到我了!"

"我刚才说,"波洛重复道,"今早,他们拿走了克劳德爵士椅子旁边的杯子。设想一下,如果他们拿走的是昨晚在克劳德爵士椅子旁边的杯子呢?"他走近门边的桌子,从花盆里拿起一个咖啡杯,"设想一下他们拿走了这个杯子!"

露西娅迅速站了起来,双手捂着脸。"您知道了!"她倒抽了一口气。

波洛走近她。"夫人！"他的声音很严厉，"他们会检验今早拿走的杯子，或许已经检验完了。他们会发现——什么东西都没有。但昨天晚上我从原来的杯子里取走了一些渣滓。如果我告诉您克劳德爵士的杯子里有天仙子碱，您要怎么解释呢？"

露西娅看起来好像很受打击。她晃了晃，但随后恢复了镇定。她有好一阵子什么都没有说，过了一会儿才开口道："您是对的。"她低声道，"您确实是对的。我杀了他！我往他的杯子里放了天仙子碱。"她走到桌子边，抓起一满杯咖啡。"这一杯，只有咖啡。"

她把杯子举到嘴边，但是波洛向前跃去，手挡在杯子和她的嘴唇之间。他们俩专注地看了对方一阵，接着露西娅突然啜泣起来。波洛从她那儿拿走杯子放到桌子上。"夫人！"他喊道。

"您为什么要阻止我？"露西娅喃喃地抱怨。

"夫人，"波洛告诉她，"这是个非常美好的世界，您为什么想要离开呢？"

"我……哦！"露西娅瘫倒在长靠椅上，痛苦地抽泣着。

波洛开口了，声音温和又轻柔。"您告诉了我真相。您把天仙子碱放在了自己的杯子里，我相信您。但另一个杯子里也有天仙子碱。现在，继续告诉我真相。谁把天仙子碱放在了克劳德爵士的杯子里？"

露西娅恐惧地盯着波洛。"不，不，您错了。他没有做。是我杀了他。"她情绪失控地喊道。

"谁没有做？您在包庇谁，夫人？告诉我。"波洛命令道。

"他没有做，我告诉过您了。"露西娅抽泣着。

这时有人敲门。"一定是警察！"波洛宣称，"我们没多少时间了。我会给您两项承诺，夫人。第一个承诺是我会救您。"

"但是我杀了他,我告诉您了。"露西娅几乎是在尖叫。

"第二个承诺……"波洛泰然地继续说道,"我会救您丈夫!"

"哦!"露西娅倒吸了一口气,迷惑地盯着他。

这时管家特雷德韦尔走进了房间,对波洛说:"苏格兰场的贾普探长到了。"

第十五章

十五分钟后,贾普探长和约翰逊——一位年轻的警员,完成了对阅览室的初步侦查。贾普是个直率、热心、体格强壮、面色红润的中年男子。侦查时波洛和黑斯廷斯被驱离至花园,这时已经从花园回来了。贾普看见他们,被勾起了回忆。

"是啊。"贾普告诉他的警员,"波洛先生跟我可是老交情了。你听我说起他好多次了吧。我们第一次在一起工作时,他还是比利时警方的一员呢。那是阿伯克龙比伪造案,是吧,波洛?我们追他追到了布鲁塞尔。啊,那些日子多美好啊。对了,你还记得阿尔塔拉'男爵'吗?那个漂亮的流氓!他巧妙地逃脱了欧洲半数警察的抓捕,可我们还是在安特卫普把他给逮住了,多亏这位波洛先生。"

贾普的目光从约翰逊移向了波洛。"后来我们又在这个国家重逢了,不是吗,波洛?"他大声说道,"当然,你那时候已经退休了。你解开了斯泰尔斯庄园案件的谜团,记得吗?至于我们俩最近的一次合作,那还是在两年前呢,对吧?那是一起关于在伦敦的意大利贵族的事件[①]。能够再次见到你真是太好了,波洛。几分钟前我进来,看到你滑稽的老脸,真是大吃一惊!"

---

①指的是《意大利贵族历险记》一案,收录在《首相绑架案》一书中。

"我的杯子①?"波洛不解地问,英国俚语总是让他迷惑。

"我指的是你的脸,老兄。"贾普咧嘴笑着解释道,"我们还要继续聊这个吗?"

波洛微笑道:"我的好贾普,你真是了解我的弱点!"

"你就是个擅于隐藏的老家伙,不是吗?"贾普评论道,在波洛的肩头拍了拍,"我说,刚才我进来时看见你正在和艾默里太太谈话,她可真是个漂亮的女人。那是理查德·艾默里的太太吧,我猜?我敢打赌你一定正乐在其中,你这条老猎犬!"

探长先生发出一阵粗鄙的笑声,接着便坐到了桌旁的椅子上。"不管怎么说……"他继续说道,"这个案子太适合你啦。它可以取悦你那弯弯绕绕的大脑。我现在对下毒案非常厌恶。没什么好做的,你只能去调查那些人究竟吃了什么、喝了什么,哪些人经手过,甚至有谁在这些吃的喝的上呼吸过!我得承认,格拉汉姆医生看起来已经十分了解本案了。他说那毒药肯定被下在了咖啡里。按他所说,毒药的剂量之大几乎让毒性即刻发作。当然啦,等拿到分析报告的时候会更加确定,不过我们已经有足够的信息继续调查了。"

贾普站起身来,说:"好了,我已经检查完这个房间了。"他宣布道,"我想现在我最好先去跟理查德·艾默里先生谈谈,然后见见卡雷利医生,我感觉他像是我们要找的人。不过我们最好还是保持一个开放的头脑,就像我一直说的,别限制了自己的思维。"他走到了门口,"你来吗,波洛?"

"那当然了,我会陪着你的。"波洛说道,加入了他的行列。

"我想黑斯廷斯上尉也一块儿来吧,毋庸置疑。"贾普笑道,

---

①上文贾普说"脸"时用的是"mug"一词,通常情况下这个词是"杯子"的意思。

"他总是像影子一样黏着你，是不是，波洛？"

波洛向他的朋友投去意味深长的一瞥。"也许黑斯廷斯更喜欢留在这儿。"他说。

收到他明确的暗示后，黑斯廷斯回答道："是啊，是啊，我就留在这儿吧。"

"好吧，如你所愿。"贾普听起来有些惊讶。他和波洛一起离开了房间，身后跟着年轻的警员。才过了一会儿，穿着粉色女式衬衫和浅色休闲裤的芭芭拉·艾默里穿过落地窗，从花园里走进了阅览室。"哦，你在这儿呀，我的宝贝。我说，是哪阵风把刚才那个人吹到咱们家来了？"她径直走向长靠椅坐了下来，问黑斯廷斯，"他是个警察吧？"

"是的。"黑斯廷斯挨着芭芭拉坐到了长靠椅上，"那是苏格兰场的贾普探长。他去见你的堂兄了，要问他一些问题。"

"你觉得他会来问我问题吗？"

"我觉得不会。不过即使他要问你……"黑斯廷斯向她保证，"那也没什么可紧张的。"

"哦，我不是觉得紧张。"芭芭拉说道，"实际上，我觉得那真是太棒了！说一些添油加醋的话对我来说真是太有诱惑力了，我想制造轰动的效果！我就喜欢耸人听闻，你呢？"

黑斯廷斯看上去有些迷惑。"我，我真的不知道。不，我想我不喜欢耸人听闻。"

芭芭拉·艾默里嘲弄似的注视着他。"知道吗，你激起了我的好奇心。"她说，"你这辈子都去过哪些地方？"

"呃，我在南美洲待了几年。"

"我知道了！"芭芭拉喊道，摆出手搭在眼睛上方眺望的姿势，"那些开阔而空旷的地方！那就是你会老派得这么可爱的原因吧？"

黑斯廷斯此时看起来像是被冒犯了。"我很抱歉。"他生硬地说。

"哦，可是我喜欢。"芭芭拉赶紧解释道，"我想你是个可人儿，一个地地道道的可人儿。"

"你刚才说的老派究竟是什么意思？"

"呃……"芭芭拉继续道，"我敢肯定你一定信奉所有那些古板的老观念，就像什么要举止得体啊，不能撒谎除非有善意的理由啊，还有，要积极地面对任何事情什么的。"

"确实是啊。"黑斯廷斯有些惊讶地赞同道，"你不觉得吗？"

"我？好吧，给你举个例子吧，我相信你一定希望我继续坚持这样一个荒谬的说法，克劳德叔叔的死真是令人遗憾啊！"

"难道不是吗？"黑斯廷斯听上去非常震惊。

"我的天啊！"芭芭拉惊呼道。然后她站了起来，一屁股坐到咖啡桌的边缘上，"在我看来，这是我所能想到的，最最妙不可言的一件事！你不知道他是个多么吝啬的老头子，你不知道他是怎么折磨我们所有人的！"过于激动的情绪让她停了下来。

黑斯廷斯很窘迫地开口道："我……我……希望你不是——"

但芭芭拉打断了他。"你难道不喜欢听真话吗？"她问，"在我看来你就是那样的人。你一定希望我浑身上下都穿着丧服而不是现在这一身，而且还要肃静地说：'可怜的克劳德叔叔啊，他对我们多好！'"

"你认真的吗！"黑斯廷斯喊道。

"哦，你不必假装。"芭芭拉继续说，"如果我能完全了解你的话，会发现你一点都不出我所料。而我想说的是，一个人为什么要把本来就不长的生命浪费在谎言和伪装上呢？克劳德叔叔待我们一点儿都不好。我敢肯定我们所有人都对他的死感到高兴，千真万确，这才是我们的心声。没错，即使是卡洛琳姑姑。可怜的人啊，她忍受那老家伙的日子比我们任何人都长多了！"

芭芭拉忽然冷静下来，她再次开口时声调已经变得相当温柔。"知道吗，我一直在思考。理论上讲，卡洛琳姑姑是有可能给克劳德叔叔下毒的。昨天晚上他突发心脏病真是蹊跷，我根本不相信那真是什么心脏病发作。试想一下，那么多年来一直压制着自己的感情，导致卡洛琳姑姑爆发出一种复杂的、汹涌的……"

"我想这在理论上是可能的。"黑斯廷斯谨慎地低语道。

"尽管如此，我还是不知道是谁偷了方程式。"芭芭拉继续道，"每个人都说是那个意大利人，但我自己怀疑的是特雷德韦尔。"

"你们的男管家？我的天啊！为什么？"

"因为他从来不靠近书房！"

黑斯廷斯看起来很困惑。"可是……"

"在某些方面我还是很传统的。"芭芭拉评论道，"我从小就被教育要怀疑最不可能的人，所有最杰出的谋杀谜题里都是这样。而特雷德韦尔确实就是最不可能的人。"

"也许，除了你之外。"黑斯廷斯笑着提示道。

"哦，我！"芭芭拉有些捉摸不定地笑了笑，站起来从他身边走开。"真奇怪……"她喃喃地自语道。

"什么真奇怪？"黑斯廷斯问道，然后也站了起来。

"我刚想到的一些事。我们到花园里去谈吧，我讨厌待在这儿。"她向落地窗走去。

"恐怕我得待在这儿。"黑斯廷斯告诉她。

"为什么？"

"我不能离开这个房间。"

"你知道吗……"芭芭拉评论道，"你过于担心这里了。还记得昨天晚上吗？我们一家都在这里，完全被那方程式失踪的事击溃了。而这时，你大踏步地走了进来，用礼貌的方式说道：'多舒适的房间啊，艾默里先生！'真是扫兴死了。你们俩这样走进来真是太可笑了。你身边是那个奇怪的小个子，高不过五英尺四英寸，但一脸高傲的表情。而你呢，哦，是多么的彬彬有礼啊。"

"我承认，波洛第一眼看上去确实有点古怪。"黑斯廷斯赞同道，"而且他有各种各样的小癖好。比如，他酷爱一切形式的整洁。如果他看到哪个装饰品放歪了，或者沾了一星半点的灰尘，甚至是看到哪个人有些衣衫不整，对他来说都是莫大的折磨。"

"你们俩真是显现了绝妙的反差。"芭芭拉笑着说。

"波洛总有他自己的一套侦查方法，你知道。"黑斯廷斯继续说道，"秩序和方法是他的上帝。他对足迹和烟灰之类确实的证物从来不屑一顾，你知道我的意思。事实上，他坚持随它们去，因为这些都不可能帮助一个侦探解决问题。真正的工作，他总说，是从内完成的。然后他会拍拍他的蛋形脑袋，得意扬扬地说道：'小小的灰色脑细胞，始终要记住小小的灰色脑细胞，我的朋友。'"

"哦，我觉得他也很有趣。"芭芭拉说，"可他不如你可爱，说什么'多舒适的房间啊'！"

"可这就是个很棒的房间。"黑斯廷斯坚持说道，听上去像是被激怒了。

"就个人而言，我并不同意你的说法。"芭芭拉说着，拉起他的手试图将他拉向落地窗，"无论如何，你也在这儿待得够久了。

来吧。"

"你不明白。"黑斯廷斯把手抽了回来,"我向波洛保证过的。"

芭芭拉缓缓地说:"你向波洛先生保证过不离开这个房间。可这是为什么呢?"

"我不能告诉你。"

"哦!"芭芭拉沉默了一小会儿,然后转变了态度。她走到黑斯廷斯身后,开始用夸张而戏剧性的语调背诵起来:"男孩站在燃烧的甲板上……"

"你说什么?"

"但他不知逃向了何方,怎么样,我的小宝贝?"

"我真是弄不懂你。"黑斯廷斯颇为恼怒地说。

"你为什么要理解我呢?你真是个令人愉快的人。"芭芭拉说着,她的手臂从黑斯廷斯身上滑过,"来吧,接受我的勾引吧。真的,你知道吗,我觉得你真是可爱。"

"你在愚弄我吧?"

"才不是呢。"芭芭拉坚称,"我为你发狂了,你面临的是一场战争。"

她把他拖到了落地窗前,这一回黑斯廷斯终于向她的手臂妥协了。"你真是个非常奇特的人。"他告诉她,"你跟我所见过的所有姑娘都不同。"

"我很高兴听到你这么讲,这是个好兆头。"芭芭拉说,这时他们面对面站着,身影映在窗前。

"好兆头?"

"是的,这让一个姑娘看到了希望。"

黑斯廷斯红了脸,芭芭拉无忧无虑地笑着,拉着他走进了花园。

第十六章

芭芭拉与黑斯廷斯走进花园之后，阅览室最多只空了几分钟，接着通向大厅的门打开了，艾默里小姐挎着一只小小的针线袋走了进来。她径直走向长靠椅，放下袋子，跪下来在椅子后边摸索着什么。正当她做这些的时候，卡雷利医生从另一扇门进来，手里拿着一顶帽子和一只手提箱。看到艾默里小姐，卡雷利停下脚步，为他的突然打扰而低声道歉。

艾默里小姐站了起来，看起来有些慌张。"我在找我的毛线针。"她有些多余地解释道，边说边挥舞着手中的东西，"它滑落到椅子后头去了。"这时，她注意到卡雷利手里的手提箱，忙问道："你这是要离开我们家了吗，卡雷利医生？"

卡雷利把帽子和手提箱放在了一把椅子上。"我觉得我不该再继续享受你们的盛情款待了。"他答道。

艾默里小姐显然很开心，但还是非常礼貌地喃喃道："好吧，当然了，如果你这样认为的话……"她忽然想起住在这所房子里的人们所面临的特殊状况，又补充道，"但我想还得办理一些烦人的手续才行……"她的声音犹豫不决。

"哦，这我都安排好了。"卡雷利向她保证。

"好吧，如果你觉得非走不可的话……"

"是的，确实。"

"那我这就为你叫车。"艾默里小姐轻快地说，向壁炉上的呼唤铃走去。

"不，不用。"卡雷利坚持道，"这我也安排好了。"

"可是，你连手提箱都要自己提下楼来！那些仆人可真不像话！他们全都意志消沉，彻底涣散了！"她说着坐回到长靠椅上，从袋子里拿出了她的毛线活儿，"他们都无法集中精神，卡雷利医生。他们控制不了自己的大脑，都太好奇了，不是吗？"

卡雷利明显地烦躁不安起来，不假思索地应和着："非常好奇。"他瞥了一眼电话。

艾默里小姐织起了她的毛线活儿，继续毫无目的地聊天。"我猜你是想赶十二点十五分的那班火车，你必须抓紧时间。这可不是我小题大做，我总是说小题大做——"

"是啊，确实如此。"卡雷利医生不容分说地打断道，"但我觉得我有足够的时间呢。我……我是否能借用一下电话？"

艾默里小姐立即抬头。"哦，当然可以，用吧。"她说道，然后继续织她的东西。她看起来似乎根本没有觉察到卡雷利医生可能是想独自打电话。

"谢谢！"卡雷利低声说。他来到书桌旁，假装翻阅电话簿。他很不耐烦地瞥了艾默里小姐一眼，开口道："我想你的侄女正在找你呢。"

艾默里小姐对此唯一的反应就是开始谈论起她的侄女，手里的毛线活儿丝毫没被打乱。"亲爱的芭芭拉呀！"她大声说道，"她可真是个甜心宝贝！你知道，她在这儿过得很痛苦，这里对于一个年轻的女孩子来说是多么沉闷啊。是啊，是啊，我敢说现在事情已经变得有所不同了。"她沉浸在愉快的幻想中片刻，又继续道，"倒不是说我没有尽力帮助她。但一个像她这样的女孩，是需要一些欢乐的。世上所有的蜂蜡都不能弥补这一点。"

卡雷利医生一脸迷惑，话音里还掺杂着些许恼怒。"蜂蜡？"他不得不问道。

"是啊，蜂蜡，或者是麦胚食品？富含维生素，你知道，至少罐子上是这么写的，维生素 A、B、C 和 D，全在里头，除了可以预防脚气病的那种。不过我真的觉得，对于一个生活在英格兰的人来说没有必要。这儿可不太会染上什么脚气病。我相信，那种病是从那些有打磨稻米习惯的国家来的吧。真是有意思！我让雷纳先生每天早饭时都服用一些，我是指蜂蜡。他看上去那么苍白，可怜的年轻人。我也劝露西娅服用一些，可惜她不肯。"艾默里小姐不赞同地摇了摇头，"想想吧，在我还是个姑娘的时候，是被严格禁止吃糖果的，就是因为里面有蜂蜡，我是说，麦胚食品。时代变了，你知道，时代真的变了。"

虽然卡雷利也曾试图掩盖自己的情绪，但事到如今，他真的是冒火了。"是啊，是啊，艾默里小姐。"他尽可能控制自己，礼貌地应道。然后走近艾默里小姐，直截了当地说："我好像听到你的侄女在喊你呢。"

"喊我？"

"是啊，你没听见吗？"

艾默里小姐侧耳倾听。"不，没有。"她承认道，"多奇怪啊！"她把手中的毛线卷好，"你的耳朵可真尖，卡雷利医生。并不是说我听力不好，实际上人们都说……"

她失手把毛线球掉在了地上，卡雷利为她捡了起来。"非常感谢！"她说，"要知道，艾默里家每个人的听力都很好，你知道。"她从长靠椅上站起来，"我的父亲在保持身体机能上做得最好，他在八十岁时还能不戴眼镜阅读呢。"她又把毛线球落在了地上,卡雷利再次弯腰帮她拾了起来。

"哦,真是谢谢你!"艾默里小姐继续道,"卡雷利医生,一个非凡的人,我是说我父亲。他真是个非凡的人。他总是睡有四根帷柱的羽绒床;卧室的窗户从来不开。他总是说,夜间的空气最有害。真是不幸,当他遭遇痛风时,年轻的女护士在照顾他,而且坚持要打开顶上的气窗。我可怜的父亲就因此去世了。"

她的毛线球再次掉落在地上。这一次,卡雷利捡起毛线球后牢牢地塞进了她的手里,还把她领到房门边。艾默里小姐慢吞吞地走着,嘴里喋喋不休:"我才不把那些医院来的护士当回事儿呢,卡雷利医生。"她告诉他说,"她们总是说些遇到过的病人的闲话,而且喝茶喝得太多,还总是打扰到仆人们。"

"你说得对,亲爱的女士,太对了。"卡雷利匆忙地回答道,为她打开了房门。

"真是太感谢你了!"艾默里小姐说着,被卡雷利推出了房间。卡雷利在她身后关上房门,冲向书桌拿起了电话听筒。短暂的停顿过后,他轻缓而急迫地开口道:"这里是克里夫镇三一四,我想接通伦敦……索霍八八五三……不不不,是五三,这就对了……呃?……你等会儿打过来吗?……好的。"

他把电话听筒放了回去,站在一旁,不耐烦地啃起了指甲。过了一会儿,他走到书房门口,打开门,走了进去。几乎与此同时,爱德华·雷纳从大厅走进了阅览室。扫视了一圈屋内后,他随意地闲逛到了壁炉旁,摸了摸壁炉台上装着纸捻的瓶子。正在此时,卡雷利又从书房折了回来。卡雷利关上了书房的门,雷纳转身看到了他。

"我不知道你在这儿。"秘书先生说。

"我在等一个电话。"卡雷利解释道。

"哦!"

短暂的停顿后,卡雷利又开口道:"那个探长什么时候到的?"

"大概二十分钟之前吧。你看到他了?"

"远远地看到一眼。"卡雷利回答。

"他是从苏格兰场来的。"雷纳告诉他,"显然,他碰巧在邻近的地方办其他案子,所以本地警方就把他给请来了。"

"这真是一件幸运的事,是吧?"卡雷利评论道。

"可不是吗?"

这时电话铃响了,雷纳走向电话。卡雷利赶紧冲到他前头,说道:"我想这是我的电话。"他望着雷纳,"不知道你是否介意……"

"当然不介意,我亲爱的同伴。"秘书先生向他保证,"我这就出去。"

等雷纳走出房间,卡雷利才拿起电话听筒。他平静地说:"喂……米格尔吗……什么……不,真该死,我没拿到。已经不可能了……不,你不明白,那老头儿昨晚死了……我必须马上离开……贾普来了……贾普。你知道,那个苏格兰场的人……不,我还没遇见他呢……我当然也希望如此……老地方见,今晚九点半……好。"

撂下听筒,卡雷利走到了一个隐蔽的地方。他拿起手提箱,戴好帽子,走向落地窗。这时,波洛从花园里进来,跟卡雷利撞到了一起。"我请求您的原谅!"意大利人说。

"没关系。"波洛礼貌地答道,依然挡住对方的去路。

"如果您能让我过去——"

"不可能。"波洛温和地说,"真的不可能。"

"我还是要过去。"

"你不能过去。"波洛低声说，脸上挂着友善的微笑。

突然，卡雷利扑向波洛。小个子侦探轻巧地闪到一旁，还以出其不意的动作利索地绊倒了卡雷利，同时拿到了意大利医生的手提箱。这时，贾普神不知鬼不觉地出现在波洛身后，于是卡雷利便撞进了探长的怀里。

"喂，这是怎么回事？"贾普探长惊呼道，"上帝保佑，这不是托尼奥吗？"

"啊！"波洛从他们二位身边走开的时候会意地笑了笑，"我就觉得，我亲爱的贾普，你很可能会给我们的这位绅士起个恰如其分的名字。"

"哦，我知道他的一切！"贾普确认道，"托尼奥可是个公众人物。是不是啊，托尼奥？我敢打赌你一定对刚才波洛先生的那个动作感到惊讶。你把这个叫什么来着，波洛？柔道，诸如此类的不是吗？可怜的老托尼奥！"

波洛把意大利人的手提箱放到咖啡桌上，打开了它。卡雷利向贾普咆哮道："你没有任何对我不利的证据！你不能抓我！"

"我在想……"探长说，"我敢打赌，我们已经离找到偷方程式、杀老绅士的罪犯不远了。"他转向波洛，补充道，"这方程式正好符合托尼奥所从事的勾当，既然我们发现他正打算逃跑，我就不会惊讶于此时能从他身边找到赃物。"

"我同意你的看法。"波洛说。

在波洛审查箱子之际，贾普向卡雷利挥舞着他的拳头。

"怎么样？"贾普问波洛。

"什么都没有。"侦探回答道,然后关上了箱子,"什么也没有,我很失望。"

"你们以为自己很聪明,不是吗?"卡雷利咆哮道,"但我要告诉你们——"

波洛打断了他,平静而意味深长地说:"也许你可以告诉我们,但那是相当不明智的。"

卡雷利被吓住了,他喊道:"你这是什么意思?"

"波洛先生说得很对。"贾普宣告,"你最好闭上嘴。"他来到通往大厅的门边,开门喊道:"约翰逊!"年轻的警员从门口探进头来。"去把一家人全喊来好吗?"贾普要求道,"我想让他们都集中到这儿。"

"是,长官!"约翰逊警员说着离开了。

"我抗议!我……"卡雷利倒吸了一口气。突然,他抓回他的手提箱冲向落地窗。贾普随即跟在他身后,抓住了他,把他扔到长靠椅上,同时从他手里夺回了手提箱。"现在还没人把你怎么着呢,所以不要叫。"贾普对着已经被彻底吓坏了的意大利人吼道。

这时波洛漫步走到落地窗前。"请不要走开好吗,波洛。"贾普在他身后喊道,并把卡雷利的手提箱放到了咖啡桌旁。"这一定会非常有趣的。"

"不,不,我亲爱的贾普,我并不是要走开。"波洛向他保证,"我就待在这儿。一家人就要聚集到这儿,正如你所说的,这实在是太有意思了。"

第十七章

　　几分钟后,艾默里一家陆续来到阅览室。卡雷利仍然坐在长靠椅上,一脸阴沉。而波洛继续在落地窗边徘徊。芭芭拉·艾默里拽着黑斯廷斯穿过落地窗,从花园里回来了。芭芭拉和卡雷利一起坐到了长靠椅上,而黑斯廷斯则站到了波洛身旁。波洛对他的朋友黑斯廷斯轻声说道:"黑斯廷斯,如果你能做个记录——在心里记,你明白——记下他们都选择坐在哪儿,这将对我们很有帮助。"

　　"有帮助?什么帮助?"黑斯廷斯问。

　　"从心理学方面,我的朋友。"波洛简而言之。

　　这时露西娅走进房间,黑斯廷斯看着她坐在了桌子右边的椅子上。随后理查德和他的姑姑艾默里小姐也到了,艾默里小姐在凳子上坐了下来,理查德则走到桌子后面,以呵护的眼神凝视着他的妻子。爱德华·雷纳是最晚到的,他在扶手椅后头找了个位置站着。跟在他身后的是约翰逊警员。警员关上了门,在门边站着。

　　理查德·艾默里向贾普介绍了他还没见过的两位家庭成员。"我的姑妈,艾默里小姐。"他说道,"还有我的堂妹,芭芭拉·艾默里小姐。"

　　发现理查德正在介绍她,芭芭拉问道:"有什么刺激的事情吗，探长？"

贾普没有理会她的问题。"我想大家都在这儿了吧，有谁没来吗？"

艾默里小姐看上去很困惑，还有些担忧。"我不太明白。"她对理查德说，"这位先生……打算做什么呢？"

"我想或许我应该告诉您一些事情。"理查德回答她说，"您看，卡洛琳姑姑，还有你们所有人……"他补充道，扫视了一圈屋内众人，"格拉汉姆医生发现我父亲是……被毒死的。"

"什么？"雷纳尖声叫道。艾默里小姐也惊恐地叫了一声。

"他是被天仙子碱毒死的。"理查德继续说道。

雷纳先开口道："天仙子碱？为什么，我看见……"他突然停住，看着露西娅。

贾普探长朝着雷纳迈了一步，问道："您看见了什么，雷纳先生？"

秘书先生看上去很尴尬。"没什么……真的没什么……"他闪烁其词，声音渐渐消失。

"我很抱歉，雷纳先生，"贾普坚持道，"但是我必须知道真相。说吧，人人都意识到您隐瞒了些什么。"

"没什么，真的。"秘书先生说，"我的意思是，这总会有合理的解释。"

"哪件事会有很合理的解释，雷纳先生？"贾普问。

雷纳依然犹豫不决。

"您到底隐瞒了什么？"贾普催促他道。

"只不过是……"雷纳又停了下来，然后下定决心说，"就是我看见艾默里太太倒了一些小药片在她手里。"

"什么时候？"贾普问他。

"昨天晚上。我当时刚从克劳德爵士的书房出来。其他人都聚集在留声机旁忙活着。我注意到艾默里太太拿起一管药片,我觉得那就是天仙子碱,然后她把大部分药片倒在了手里。后来克劳德爵士就把我叫进了书房。"

"为什么之前您一直没有提到这件事?"

露西娅想要开口,却被贾普示意阻止了。"抱歉,艾默里太太,就一分钟。"他坚决地说,"我想先听雷纳先生说完。"

"我从没再想过那件事。"雷纳告诉他,"直到艾默里先生刚才说克劳德爵士是被天仙子碱毒死的,我才想起来。当然,我知道其实这也没什么,只是这巧合让我吃了一惊。那药片可能根本不是天仙子碱,她拿的可能是别的试管。"

贾普这才转向露西娅。"好吧,夫人。"他问道,"您刚才想说什么呢?"

露西娅看起来十分镇静,她答道:"我那时只是想找点能使我入睡的药罢了。"

贾普再次看向雷纳,问道:"您说她几乎把一管药都倒空了?"

"我想确实如此。"雷纳说。

贾普又转向露西娅,问:"您为了让自己入睡,不需要那么多药片吧?一两片应该就足够了。您是如何处理剩下的药片的?"

露西娅沉思了片刻,然后答道:"我想不起来了。"

她正打算继续说时,卡雷利跳起来恶狠狠地喊道:"你看见了吗,探长?这就是你要找的女凶手!"

芭芭拉迅速地从长靠椅上跳起来,离开卡雷利身边,黑斯廷斯急忙走到她身旁。意大利人继续说道:"您应该知道真相了,探长。我到这个地方就是特地来见这个女人,是她找我来的。她说她会弄到克劳德爵士的方程式,还提议说要卖给我。我承认我过去也做过这样的事。"

"这可算不上什么坦白。"贾普劝诫他道,边说边走到卡雷利和露西娅中间,"大部分我们都知道了。"他转向露西娅,"对此您要说些什么吗,夫人?"

露西娅站起身来,她的脸色苍白,毫无血色。理查德走向她:"我不允许——"他刚开口说话,贾普就阻止了他。

"对不起,先生。"

卡雷利又开口了:"看看这个女人吧!你们谁都不知道她是谁,可我知道!她是塞尔玛·戈茨的女儿。这个世界上最无耻的女人的女儿!"

"这不是真的,理查德!"露西娅哭了出来,"这不是真的!别听他的……"

"我要打断你身体里的每一根骨头!"理查德·艾默里向卡雷利咆哮道。

贾普朝理查德走近了一步。"保持冷静,先生,请保持冷静。"他劝诫道,"我们必须弄清真相!"贾普又转向露西娅,说:"继续吧,艾默里太太。"

片刻的寂静过后,露西娅试图开口。"我……我……"她看向她的丈夫,随即又把目光移向波洛,无可奈何地向侦探伸出了手。

"鼓起勇气,夫人。"波洛建议道,"您要相信我。告诉他们吧,告诉他们真相。我们正到了关键时刻,谎言不会长久的。真相总会浮出水面的。"

露西娅祈求地望着波洛,可是波洛只是重复道:"鼓起勇气,太太。是的，是的，勇敢点，讲出来吧。"然后他又回到了落地窗前。

经过一段长时间的沉寂，露西娅开始说话，声音低沉而压抑："我确实是塞尔玛·戈茨的女儿。可我没有让这个男人来这里，也没有提议要把克劳德爵士的方程式卖给他。他到这儿来是为了勒索我！"

"勒索！"理查德倒吸一口气，向她走去。

露西娅转向理查德，语气十分急促。"他威胁我，如果我不帮他得到方程式，他就要告诉你关于我母亲的事，可我并没有这样做。我想一定是他偷了方程式。他是有机会的。他单独在那儿待过，在书房里。而且现在我也明白了，他一心想让我吞下那些天仙子碱自杀，这样大家就都会以为是我偷了方程式。他差点就让我在恍惚中……"她再也控制不住情绪，便在理查德的肩膀上哽咽起来。

"露西娅，亲爱的！"理查德哭喊着，紧紧地抱住了她，随后把他的妻子交给了艾默里小姐。艾默里小姐站起身来，安慰地抱住这个哀伤的年轻女子。理查德看向贾普，说："探长，我想跟您单独谈谈。"

贾普盯着理查德·艾默里看了一会儿，然后冲约翰逊点了点头。"好。"他同意了。于是警员为艾默里小姐和露西娅打开房门。芭芭拉和黑斯廷斯抓住机会，穿过落地窗回到了花园里。当爱德华·雷纳离开后，贾普向理查德喃喃道："我很抱歉，艾默里先生，非常抱歉。"

正当卡雷利拎着他的手提箱跟在雷纳身后向门外走去时，贾普示意他的警员道："要密切监视艾默里太太和卡雷利医生。"卡雷利在门口回过身来，贾普继续对他的警员说道："别让任何人耍花招，明白了吗？"

"明白，长官！"约翰逊答道，然后紧跟着卡雷利走出了房间。

"我很抱歉，艾默里先生。"贾普对理查德·艾默里说，"可是当雷纳先生告诉我们那些后，我必须要做一些预防措施。我希望波洛先生能留在这儿，作为您和我谈话的见证人。"

理查德走近贾普，脸上的表情像是做出了某个重大的决定似的。他深吸一口气，下定决心说："探长！"

"哦，先生，您想说什么？"贾普问。

理查德非常谨慎而缓慢地答道："我想应该是我坦白的时候了。是我杀了父亲。"

贾普笑了。"恐怕这种罪名是洗不清的，先生。"

理查德看起来很惊讶。"您这是什么意思？"

"不是这样吧，先生？"贾普继续说道，"或者换种方式说，您这一手可行不通。我意识到您非常专情于您的好太太。新婚夫妇都是如此吧。可是我坦率地跟您讲，为了这么一个坏女人而让自己的脖子套上缰绳可不值得。尽管她很漂亮，没错，我承认。"

"贾普探长！"理查德愤怒地喊道。

"扰乱我的思路没什么意义，先生。"贾普泰然地继续说道，"我已经很坦率地告诉了您事实，不带拐弯抹角，而且我敢肯定波洛先生也会跟您说一样的话。我很抱歉，先生，可是责任归责任，杀人就是杀人。这件事到此为止。"贾普果断地点了点头，然后离开了房间。

理查德转向波洛，后者坐在长靠椅上目睹了一切。理查德冷冷地问道："好吧，您也打算这么跟我说吗，波洛先生？"

波洛起身，从衣袋中掏出烟盒，从中取出一支烟。他没有回答理查德的问题，反而提出了一个问题。"艾默里先生，您是从什么时候开始怀疑您妻子的？"他问道。

"我从没有——"理查德刚要开口，就被波洛打断了。波洛从桌上拿起一盒火柴，接着说了下去。

"请您，我请求您，艾默里先生，讲真话！您确实怀疑她，我知道。在我来之前您就已经开始怀疑她了，所以您才会那么急切地要把我从这所房子里赶走。不要否认。想要欺骗赫尔克里·波洛是不可能的。"他点燃了纸烟，把火柴放回桌上，然后抬头冲那个高个子男人微笑。高大的理查德像一尊铁塔，和波洛形成了可笑的对比。

"您错了。"理查德固执地告诉波洛，"完全错了。我怎么会怀疑露西娅呢？"

"不过，当然了，情况对您也一样不利。"波洛重回他的座位，沉思般地继续说道，"您碰过那些药品，您也碰过咖啡，您很缺钱，而且不顾一切地想要搞到一些。哦，没错，人人都可以找到一些怀疑您的理由。"

"贾普探长看样子可不会同意您这种说法。"理查德评论道。

"啊，贾普！他确实掌握了一般的常识。"波洛微笑道，"可他并不是一个恋爱中的女人。"

"一个恋爱中的女人？"理查德听起来很困惑。

"先生，让我来给您上一堂心理学课吧。"波洛提议道，"我刚到这儿时，您妻子就跑过来乞求我留下来，抓出凶手。一个有罪的女人会这么干吗？"

"您的意思是——"理查德急切地开口道。

"我的意思是……"波洛打断了他，"在今晚日落前，您就会跪下请求她的谅解了。"

"您在说什么？"

"也许我说得太多了。"波洛承认道，接着站了起来，"现在，先生，把你放心地交到我手里吧，赫尔克里·波洛手里。"

"您能救她吗？"理查德问道，声音中充满绝望。

波洛很严肃地看着他，说："我会遵守我的诺言。虽然我许诺的时候，还不知道完成的难度会有多大。您瞧，现在时间所剩不多了，我们得赶紧有所行动。您必须保证会按我说的去做，不要问为什么，更不要阻挠。您可以向我保证吗？"

"行吧。"理查德很不情愿地答道。

"很好。那么现在，听我的。我的指示不是很困难，也不是不可能做到的事。事实上，是一种合情合理的做法。这座房子会在不久后被警察接管，他们会蜂拥而至，把所有的地方都搜查一遍。你和你的家人可能会很不愉快，我建议你们暂时离开回避一下。"

"把这所房子交给警察？"理查德怀疑地问道。

"这正是我的建议。"波洛重复道，"当然，你们可以暂时待在邻居家里。我听说本地的饭店也相当舒适，在那儿订几个房间吧。如果警方什么时候想问讯你们所有人，也可以很方便地找到你们。"

"但您建议这件事什么时候做呢？"

波洛朝他笑了笑，说："我的想法是，立刻。"

"突然这样不古怪吗？"

"一点都不古怪，一点都不。"小个子侦探再次微笑着对理查德说，"这将是次彻底的搜查，那话怎么说来着？最高敏感度的那种。你们待在这儿会觉得厌烦，在这儿多待一个小时您都会觉得难受，我向您保证，我这主意肯定不错。"

"那探长那边呢？"

"我会亲自去跟贾普探长解释的。"

"我仍旧看不出这么做会有什么好处。"理查德坚持说道。

"是啊，现在您当然还看不出。"波洛的声音听起来有些得意扬扬。他耸了耸肩，说道："您现在看不出来并不要紧，我能看出来就行了。我，赫尔克里·波洛，这就够了。"他伸手搭着理查德的肩膀，"去吧，去安排吧。或者，您不愿意为此浪费精力，就让雷纳帮您吧。去吧，去吧！"他几乎是把理查德推出了房门。

理查德最后又焦虑地回望了波洛一眼，然后离开了房间。"哦，这些英国人哪！多么固执啊！"波洛喃喃道。然后他走到落地窗前，喊道："芭芭拉小姐！"

第十八章

芭芭拉出现在落地窗前,回应波洛的喊声。"怎么了?发生什么事了?"她问。

波洛给了她一个最迷人的微笑。"啊,小姐,"他说,"我想知道,您大概不介意我占用我的朋友黑斯廷斯一两分钟吧?"

芭芭拉回以莫测的一瞥,说:"所以!你是想夺走我的小宝贝了,是吗?"

"就一会儿,小姐,我向你保证!"

"好吧,波洛先生。"芭芭拉转身回到花园,喊道,"我的宝贝,有人需要你。"

"谢谢您!"波洛微笑着礼貌地鞠了一躬。芭芭拉走回到花园里。过了一会儿,黑斯廷斯便穿过落地窗来到了阅览室,看起来有些羞愧。

"你有什么为自己开解的吗?"波洛装作恼怒的样子。

黑斯廷斯抱歉地微笑着。"露出绵羊般的微笑总是很有用。"波洛责备地说,"我把你留在这儿,原指望你能守在这儿,可你竟和那迷人的小姐到花园里悠闲地散步去了。你本是个多么可靠的人哪,亲爱的,可是当那个可爱的小姑娘一出现,你的判断力就都飞到窗外去了!见鬼!"

黑斯廷斯脸上绵羊般的微笑退去了,被窘迫的红脸取代。

"听我说，我真的非常抱歉，波洛。"他大声说，"我只是出去了一会儿，然后就透过窗户看见你走进了房间，所以我以为不会有什么事情发生。"

"你的意思是最好不要回来面对我吧？"波洛质问道，"好了，我亲爱的黑斯廷斯，你的行为也许已经造成了不可挽回的损失。我回来时看见了卡雷利，现在只有天晓得他在房间里干了些什么，或是破坏了什么证据！"

"我说了，波洛，我很抱歉。"黑斯廷斯再次道歉，"真是对不起！"

"如果你没有导致什么不可挽回的损失，那还真是幸运。可是现在，我的朋友，是时候使用我们小小的灰色脑细胞了。"波洛作势要掌掴黑斯廷斯，最终却只是亲昵地拍了拍他的脸颊。

"哦，很好！那我们就开始工作吧！"黑斯廷斯大声说。

"不，情况可不太好，我的朋友。"波洛告诉他，"情况很糟。一切都模糊得很。"他流露出烦闷的神情，继续说，"我们的眼前依旧一片黑暗，正如昨晚一样。"他思考了片刻，又补充道，"我现在有一个想法。一个小小的念头，嗯，我们就从这里着手吧！"

黑斯廷斯完全糊涂了，他问："你到底在说什么？"

波洛说话的语气变了，变得严肃且若有所思。"为什么克劳德爵士死了，黑斯廷斯？告诉我，为什么克劳德爵士死了？"

黑斯廷斯凝视着波洛。"我们不是已经知道他的死亡原因了吗？"他说道。

"我们真的知道了吗？"波洛问，"你就那么肯定？"

"呃，是啊。"黑斯廷斯回答道，但不那么确定了，"他死了，因为他被下了毒。"

波洛不耐烦地挥了挥手,说:"是的,但他为什么会被下毒呢?"

黑斯廷斯认真地想了想,然后回答道:"当然是因为那小偷怀疑……"

波洛缓缓地摇头,但黑斯廷斯继续说道:"因为那小偷怀疑自己被发现了。"看到波洛还在摇头,他又一次停了下来。

"假设一下,黑斯廷斯……"波洛低声说,"就假设一下那小偷并没有'怀疑'什么。"

"我不太明白。"黑斯廷斯承认道。

波洛走开几步,回过身来做了个手势,看起来像是要吸引他朋友的注意。他停下来,清了清嗓子。"让我来为你详细描述一下吧,黑斯廷斯。"他宣布道,"让我描述一下事情发生的顺序,更准确地说是我认为他们所希望的。"

黑斯廷斯在桌旁找了把扶手椅坐下,听波洛继续说道。

"某天晚上克劳德爵士死在了扶手椅上。"波洛移到扶手椅旁,坐了下来,停顿片刻,又沉思着讲道,"是的,克劳德爵士死在了扶手椅上。他的死亡没有什么疑点,最大的可能性是心脏衰竭。人们过一阵子才会去检查他的私人文件,大家只是想找他的遗嘱。葬礼过后,人们才发现他关于那种新式炸弹的笔记并不完整。也许他们永远也不会知道方程式的存在。想一想吧,这会给我们的小偷带来什么呢,黑斯廷斯?"

"是……"

"是什么?"波洛问。

黑斯廷斯显得困惑不已。"是什么呢?"他重复道。

"是安全。给小偷带来的是安全。他可以安全、任意地处置他的战利品了,不会有任何压力。即使人们知道这方程式的存在,他也会有足够的时间掩盖踪迹。"

"好吧,我想这是个好主意。是的,我想是的。"黑斯廷斯半信半疑地评论道。

"这当然是个好主意!"波洛大声说道,"我是赫尔克里·波洛,不是吗?现在我们看看这个念头能把我们引向何方。它告诉我们,杀害克劳德爵士的凶手并不是临时起意,而是早有预谋。你看,我们现在到哪儿了?"

"不知道。"黑斯廷斯坦率地承认,"你很清楚我从来搞不清这种事情。要我说,我们现在就在克劳德爵士家的阅览室里,仅此而已。"

"没错,我的朋友,你说得很对!"波洛告诉他,"我们就是在克劳德爵士宅邸的阅览室。假设现在是晚上而不是早晨,灯光刚刚被熄。那小偷的计划出错了。"

波洛坐得很直,不断地晃着食指来强调重点。"按照平时的习惯,克劳德爵士是不会去动保险柜的。直到有一天,他纯属偶然地发现了失窃的事实。于是,就像这位老绅士自己所说,他要像抓陷阱里的老鼠一样抓住小偷。但是,那个小偷,也就是那个凶手,他知道一些克劳德爵士所不知道的事实。他知道,要不了几分钟,克劳德爵士就会永远地沉默。他,或者她,此时有且仅有一个问题要解决,就是要在短暂的黑暗中把那张纸藏到一个安全的地方。闭上你的眼睛,黑斯廷斯,就像我这样闭上眼睛。想象一下,灯灭了,我们什么也看不见,但我们还能听。黑斯廷斯,请你尽可能准确地重复一下刚才艾默里小姐为我们描述的那个场景。"

黑斯廷斯闭上了双眼,然后开始断断续续地努力搜索他的记忆,他缓慢地说道:"喘息声。"

波洛点了点头。"很多细微的喘气声。"黑斯廷斯继续道,波洛又点了点头。

黑斯廷斯集中精神想了一会儿,又继续说:"椅子倒下的声音和金属的叮当声,那一定是钥匙的声音,我想。"

"太对了。"波洛说,"就是钥匙。继续吧。"

"尖叫,是露西娅的尖叫声。她呼喊着克劳德爵士,然后就是敲门声。哦!等一下,刚开始的时候还有一种很古怪的声音,像是在撕扯丝绸。"黑斯廷斯睁开了眼睛。

"对,撕扯丝绸。"波洛惊呼道。他站起身来,走到书桌旁,又穿行至壁炉架前。"一切都很清楚了,黑斯廷斯,就是在那短暂的黑暗中,一切都清清楚楚。可是我们的耳朵,什么也没告诉我们。"他沿在壁炉边,机械地理直瓶子里的纸捻。"

"哦,别再摆弄那该死的玩意儿了,波洛!"黑斯廷斯抱怨道,"你老是弄个不停!"

他的话引起了波洛的注意,于是波洛把手从瓶子移开了。"你说什么?"他问道,"啊,对,你说得没错。"他目不转睛地盯着装纸捻的瓶子,"我确实记得不久前刚整理过它们。可是现在,我非常有必要再整理它们一次!"他兴奋地说着,"为什么呢,黑斯廷斯?为什么会这样呢?"

"因为它们又弯了呗,我猜。"黑斯廷斯感到无趣,"这又是你对整洁的小癖好罢了。"

"撕扯丝绸!"波洛喊道,"你错了,黑斯廷斯!撕扯丝绸的声音和这是一样的。"他看着那些纸捻子,然后拿起装它们的瓶子,"撕纸!"他说着便从壁炉边走开了。

波洛的激动情绪感染了他的朋友。"那是什么?"黑斯廷斯跳起来,走到他身边问道。

波洛站着,把纸捻全都倒在长靠椅上,开始检查。他时不时递给黑斯廷斯一张,嘴里嘀咕道:"这有一张。啊,又一张,又是一张!"

黑斯廷斯展开这些纸捻仔细地看了看。"C19 N23……"他开口读出了其中一张的内容。

"对了,对了!"波洛惊呼,"这就是方程式!"

"我说,这真是太棒了!"

"快!快把它们都原样折起来!"波洛命令道。黑斯廷斯赶忙照办。"哦,你太慢了!"波洛责备道,"快!快!"他一把抓起黑斯廷斯面前的纸捻,把它们全都放回了瓶子,又将瓶子赶忙放在了壁炉架上。

黑斯廷斯目瞪口呆地来到波洛身边。

波洛微笑道:"我做的这些一定激发了你的好奇心吧,告诉我,黑斯廷斯?现在这瓶子里放的是什么呢?"

"怎么了,当然是纸捻啊。"黑斯廷斯以嘲讽的语气答道。

"不,我的朋友,这是奶酪。"

"奶酪?"

"的确如此,我的朋友,奶酪。"

"我说,波洛,"黑斯廷斯讽刺地问道,"你还好吧?我是说,你是不是有点头昏脑涨?"

波洛忽视了他朋友毫无意义的问题。"我们可以拿奶酪做什么,黑斯廷斯?告诉你,我的朋友,你可以拿它当捕鼠器上的诱饵。我们现在就只需要等待……老鼠。"

"那老鼠……"

"老鼠会来的,我的朋友。"波洛向黑斯廷斯保证道,"放心。我已经向他发出了信号,他不会不回应。"

黑斯廷斯还没来得及对波洛隐秘的宣告有所反应，房门便打开了，爱德华·雷纳走了进来。"哦，你在这儿，波洛先生。"秘书先生说道，"还有黑斯廷斯上尉也在。贾普探长想请二位到楼上谈谈。"

第十九章

"我们立刻就去。"波洛答道。黑斯廷斯跟着他走到了房门边。雷纳穿过阅览室走到壁炉旁。在门口,波洛突然转过身看了看秘书。"顺便问一下,雷纳先生。"侦探开口道,边说边走到房间中央,"您是否碰巧知道,卡雷利先生今天上午在不在阅览室里?"

"是的,他在这儿。"雷纳告诉侦探,"我在这儿找到了他。"

"啊!"波洛看来很高兴,"那么他在干什么呢?"

"我确信他是在打电话。"

"您进门时他正在打电话?"

"不,当时他刚回到这里。之前他一直在克劳德爵士的书房。"

波洛思考了片刻,又问雷纳:"那他当时的具体位置是在哪儿呢?您还能想起来吗?"

雷纳依旧站在壁炉旁,回答道:"哦,差不多就是在这儿吧,我想。"

"您听到任何卡雷利医生在打电话时的对话了吗?"

"没有。"秘书先生说,"他明白无误地告诉我他想要一个人待着,所以我就走开了。"

"我懂了。"波洛犹豫了一下,接着从口袋里拿出了笔记本和铅笔,翻开一页在上面写了些字,又撕了下来。"黑斯廷斯!"

他大声叫道。

在门外徘徊的黑斯廷斯走了进来,从波洛手中接过折起来的那页纸。"你能好心帮忙把这张纸带给贾普探长吗?"

雷纳看着走出房门要去履行自己使命的黑斯廷斯,问道:"那是什么?"

波洛把纸笔都放回了口袋,回答道:"我告诉贾普我马上就去他那儿,因为我可能可以告诉他凶手的名字了。"

"真的吗?您知道凶手是谁了?"雷纳的情绪有些激动。

接着是一阵短暂的沉默。赫尔克里·波洛看起来已经让秘书先生为他的人格魅力着了魔,雷纳痴迷地看着侦探,侦探缓缓地开始讲道:"是啊,我想我知道凶手是谁了,这让我想起了我办过的另一件案子,就在前不久。我永远不会忘记的埃奇威尔男爵之死①。我差点就被击败了。是啊,就是我,赫尔克里·波洛!险些被一颗无知的头脑所设计的极其简单的骗局击败。您瞧,雷纳先生,简单的头脑往往拥有实施简单的罪行、而后置身事外的天赋。让我们期待一下,谋杀克劳德爵士的凶手是个高智商的、杰出的、自鸣得意的罪犯,却留下了让他无力反抗的证据,那句话怎么说来着?画蛇添足。"波洛眼中闪现着生动的光芒。

"我不太确定我是否明白您的话。"雷纳说,"您的意思是说凶手不是艾默里太太?"

"没错,不是艾默里太太。"波洛告诉他,"那正是我要写下刚才那张字条的原因。那位可怜的女士已经受尽了煎熬,她不能再接受更多的盘问了。"

雷纳看起来仿佛在思考着什么,忽然他惊呼道:"那我敢打

---

① 指的是《人性记录》一书中涉及的案件。新星出版社二〇一四年一月出版。

赌一定是卡雷利，对吗？"

波洛打趣地摇了摇手指。"雷纳先生，您得允许我把这个小秘密保留到最后一刻。"他拿出手绢，擦了擦额头。"我的天哪，今天可真热！"他抱怨道。

"您要喝点什么吗？"雷纳问，"我真是把待客之道抛到脑后了，我早该为您准备点什么的。"

波洛微笑道："您真是太体贴了。如果可以的话，我想喝点儿威士忌。"

"当然可以，请稍等。"雷纳离开房间后，波洛踱步来到落地窗前朝花园看了一会儿。然后，他走向长靠椅，抖了抖靠垫，随意地走到壁炉台前检查装饰品。过了一会儿，雷纳便回来了，他手里的托盘中有两杯掺着苏打水的威士忌。他看到波洛正伸手去够壁炉架上的某件饰物。

"这是件价值不菲的古董，我猜。"波洛拿起一个罐子评论道。

"是吗？"雷纳心不在焉地答道，"我对这种东西了解得不多。来喝点儿吧！"他一边提议，一边把手中的托盘放到了咖啡桌上。

"谢谢！"波洛喃喃道，向他靠了过来。

"来吧，祝我们好运！"雷纳说着，拿起一个玻璃杯喝了一口。

波洛躬身示意，拿起另一个玻璃酒杯送到唇边。"这杯敬你，我的朋友！现在让我来告诉你我的怀疑吧。一开始我就意识到……"

波洛突然停住了，肩上的脑袋猛然一颤，似乎是听到了什么响动。他先是看了看房门，然后又把目光移回到雷纳这里，接着把一根手指放到唇边，暗示他认为可能有人在偷听。

雷纳点头表示理解。两个人蹑手蹑脚来到房门前，波洛用手势示意秘书先生守在房间里，自己则猛地把门打开跳了出去。然而，他即刻便垂头丧气地回来了。"真不可思议。"他向雷纳讲道，"我发誓我明明听到了什么声音。好吧，是我错了。我可不常犯这种错误。干杯，我的朋友。"说着，他喝尽了酒杯里的东西。

"啊！"雷纳惊叫了一声，赶忙也喝了一口。

"你说什么？"波洛问。

"没什么。这样我就放心了，仅此而已。"

波洛挪到桌旁，放下了他的酒杯。"知道吗，雷纳先生。"他倾诉道，"坦率地说，我一直喝不惯你们英国人的传统饮料，威士忌。它的味道我不喜欢，很苦。"他走到扶手椅旁坐下。

"是吗？我很抱歉。可我一点都不觉得苦。"雷纳也把他的酒杯放到咖啡桌上，继续说，"您刚才正打算告诉我些什么，不是吗？"

波洛一副惊愕的样子。"我有吗？怎么会呢？我怎么会忘得一干二净了呢？我想我可能是想告诉你我是怎样展开调查的吧。让我们看看！事实之间总是一环扣一环的，所以我们的工作才能继续下去。下一环的事实是否能与之前的相符呢？是绝配！太棒了！我们可以继续推理了。再看看下一环事实呢，不行！哦！真是奇怪得很！我们一定遗漏了些什么！看来是链条中缺失了一环。我们检验、搜寻证据。哪怕只有一点怪异，哪怕只有些微不足道的细节不相符，我们都要把它放到这里细细地研究！"波洛夸张地用手指着自己的脑袋，"这太有意义了！这太重要了！"

"是啊，我懂。"雷纳疑惑地喃喃道。

波洛的食指在雷纳的眼前猛烈地摇晃着，使秘书先生感到了莫名的恐惧。"啊，当心！一个侦探这样讲是很危险的：'这是件小事，这无足轻重。我不同意……忘了算了。'这么想就会造成疑点！每一件事都是至关重要的。"波洛忽然停顿了一下，拍了拍脑袋，"啊！我现在想起来了，刚才我正打算告诉你的，正是这类看似微不足道的事件中的一桩，关于灰尘。"

雷纳礼节性地微笑着问："灰尘？"

"就是灰尘。"波洛重复道，"我的朋友黑斯廷斯刚才提醒了我，说我是个侦探而不是一个女佣。他觉得他的评论很机智，可我却未必赞同。一个女佣和一个侦探本质上是有共同点的。一个女佣，她是做什么的呢？她用她的扫帚探寻每一个黑暗的角落，把滚落到视线外藏起来的东西重新带回到日光之下。侦探做的不也一样吗？"

雷纳好像有些厌烦了，但他还是低声说道："很有趣，波洛先生。"他来到桌旁的扶手椅旁，坐下来问道，"但……这就是您想说的全部内容吗？"

"不，不是全部。"波洛回答，身子略微前倾，"您并没有用灰尘迷住我的眼，雷纳先生，因为没有灰尘。您明白了吗？"

秘书先生专注地盯着他，说："不，恐怕我不明白。"

"药盒上没有灰尘。芭芭拉小姐讲出了事实。可是药盒上应该有灰尘，它所在的书架顶上……"波洛边说边用手指了指，"就有一层厚厚的灰。这就使我知道……"

"知道什么？"

"使我知道，"波洛继续说道，"一定有人在前些天动过那个药盒。而毒杀克劳德爵士的凶手并不需要在昨晚动那药盒，因为他在先前的场合就已经成功取得了毒药，以便选择一个好时机，防止计划被打乱。你昨晚并没有接近过这药盒一步,正是因为你早就得到了你所需的足够的天仙子碱。然而,昨晚确实是你把咖啡送进去的,雷纳先生。"

雷纳耐心地微笑着说:"天哪!难道你想指控我谋杀了克劳德爵士?"

"你打算否认吗?"波洛问。

雷纳沉默了片刻。当他再次开口时,声音变得尖锐刺耳。"哦,不!"他诉说道,"我不否认。我为什么要否认呢?我为这一切感到骄傲。我本应该拿到方程式就走,不会节外生枝。但克劳德爵士昨天竟然去开那保险柜,我的运气太差了!他以前可从没这么干过!"

波洛的声音像是昏昏欲睡似的,他问道:"你为什么要告诉我这些呢?"

"为什么不呢?你是个有同情心的人。能跟你聊天可真是愉快之至。"雷纳笑了,又继续说道,"是啊,事情差点儿就一团糟了。可这也正是我最自豪的一点,我力挽狂澜,把失败变成了成功。"他的表情喜气扬扬,"我真是太机智了,在那么紧急的情况下把方程式藏了起来。您需要我告诉您我把方程式放哪儿了吗?"

波洛的睡意更浓了,他发现自己的口齿越来越含混。"我……我真是弄不懂你。"他轻声说道。

"你犯了一个小小的错误,波洛先生。"雷纳冷笑着对他说,"你低估了我的才智。我可没有轻信刚才你针对可怜的老卡雷利讲的那些掩人耳目的话,一个有头脑的人是不可能真正相信卡雷利会真的干出什么来的,为什么呢?这都不用想。你瞧,我赌得有多大。那张小纸片,只要通过适当的渠道,就能为我带来五万英镑。"他向后靠去,"想一想吧,像我这样能干的人,一旦拿到了五万英镑,会有何等的作为。"

波洛的睡意更浓了,他费力地答道:"我……我不……不想再想了。"

"好啊,大概不用了。我很感谢您。"雷纳妥协道,"一个人还是得允许不同见解的存在。"

波洛身体前倾,看起来得使出浑身解数才能让自己打起精神。"可是你不会得逞的。"他大声说道,"我会告发你。我,赫尔克里·波洛……"他的声音戛然而止。

"赫尔克里·波洛什么也干不了。"雷纳宣称,眼看着侦探瘫倒在座椅里。秘书先生发出一阵类似嘲笑的笑声,继续说道:"你压根没想到,不是吗,即使在你说威士忌发苦的时候?你瞧,我亲爱的波洛先生,我从那药盒里拿到的天仙子碱可远远不止一试管。如果说有什么区别的话,那就是给你下的药比给克劳德爵士下的要多那么一点点。"

"啊,我的天哪!"波洛倒抽了一口气,奋力挣扎着要起身。他微弱地呼喊着试图求救:"黑斯廷斯!黑斯……"他的喊声渐渐低沉,身子瘫在靠椅中,合上了眼皮。

雷纳站起身来,把椅子推到一旁,上前两步来到波洛身边。"先别睡,波洛先生。"他说,"我猜你一定想知道我把公式藏在哪儿了,不是吗?"

他等了一会儿,可波洛的双眼仍然紧闭着。"快速的、无梦的睡眠,永远也不会醒来,正如我们亲爱的朋友卡雷利所说。"雷纳冷淡地评论着,走到壁炉架旁,抓起所有的纸捻,折起来放进了衣袋。接着他走向落地窗,途中顿了顿,微微偏头说:"再见了,我亲爱的波洛先生。"

在他即将步入花园之时，猛然听到身后清晰地响起了波洛愉悦而自然的说话声。"你怎么不把这信封也拿走呢？"

雷纳回过身来的一刻，贾普探长从花园一侧冲进了阅览室。雷纳退后了几步，犹豫着停了下来，然后又马上果断地选择了逃跑。他猛地冲向落地窗，却徒劳地被贾普探长和同样突然从花园里钻出来的约翰逊警员抓了个正着。

波洛从靠椅里站起身来，舒展了一下身体。"干得好，我亲爱的贾普。"他问道，"你都听见了吧？"

在警员的帮助下，贾普把雷纳拖回了房间中央，他答道："每个字都听得清清楚楚。谢谢你的字条，波洛。在窗外的露台上，我可以听清一切。现在，让我们来搜搜他的身，看看能找到什么。"他从雷纳的口袋里掏出了那些纸捻，随手扔在了咖啡桌上。接着，他又拿出了一支小试管。"啊！天仙子碱！是空的。"

"啊，黑斯廷斯！"波洛向他的老朋友打招呼，黑斯廷斯正从大厅一侧走进来，手里拿着一杯掺着苏打水的威士忌，他把酒杯交给了侦探。

"你明白了？"波洛礼貌地看向雷纳，"我拒绝在你的喜剧里扮演小丑，而是让你扮演了我的小丑。在我写的字条里，我给了贾普和黑斯廷斯必要的指示。然后为了给你提供机会，我开始抱怨天气热。我知道你会提议我喝点什么，毕竟，这是你需要的开头。接着，一切便顺理成章了。当我走出门去的时候，我的好黑斯廷斯早就在门外为我准备好另一杯威士忌加苏打水，我换了杯子又回到这里，继续上演这出喜剧。"

波洛把威士忌酒杯交还给黑斯廷斯。"至于我自己，我觉得我很出色地完成了自己的角色。"他宣称。

在一阵沉默中，波洛和雷纳互相审视了一番。随即雷纳打破了沉默,"自从你来到这所宅邸,我就有点怕你。我的计划本来是能够起作用的。我本可以靠着那可恶的方程式得到五万英镑,也许会比五万更多,我将会过上好生活。我杀死了那个徒有虚名的老蠢货,偷走了他珍视的破纸片。但是,自从你到来的那一刻起,我就对自己能成功脱罪失去了绝对的自信。"

"我注意到了,你确实是个天才。"波洛答道。他又回到扶手椅前,满足地坐下。

这时贾普迅速说道:

"爱德华·雷纳,你因涉嫌故意谋杀克劳德·艾默里爵士被逮捕。我要提醒你,你现在所说的每一句话都可能成为呈堂证供。"贾普边说边抬手示意让警员把雷纳带走。

第二十章

约翰逊警员押着雷纳走出去，与正要走进阅览室的艾默里小姐擦肩而过。艾默里小姐焦虑地回头望了望他们，随即奔向波洛。"波洛先生。"她显得气喘吁吁，波洛起身向她打招呼，"这是真的吗？是雷纳先生杀害了我可怜的弟弟？"

"恐怕是的，小姐。"波洛道。

艾默里小姐目瞪口呆。"哦！哦！"她喊道，"我真不敢相信！多么恶毒啊！我们一直拿他当家里人啊。想想那蜂蜡，还有所有的那些事……"她猛一转身想要走开，正巧理查德走了进来，为姑姑扶住了门。她刚冲出房门之际，她的侄女芭芭拉从花园那边走了进来。

"这真是太让人震惊了！"芭芭拉惊呼，"凶手居然是爱德华·雷纳。谁会相信呢？发现真相的人可真是聪明得可怕！我真好奇，是谁呢？"

她意味深长地瞥了波洛一眼，然而，波洛却朝着探长先生恭敬地弯了弯腰，低声地说："是贾普探长破的案，小姐。"

贾普微笑着。"我会对你说，波洛先生，你有一手，更是个绅士。"他点头示意随从撤离，自己则在轻快地离去之前，从茫然的黑斯廷斯手中抢过了威士忌酒杯，临走前还给困惑的黑斯廷斯留下一句："我会好好保管物证的，黑斯廷斯上尉！"

"可是，难道真的是贾普探长找出了杀害克劳德叔叔的凶手吗？或者……"芭芭拉靠近波洛，羞怯地问道，"是你吗，赫尔克里·波洛先生？"

波洛移到黑斯廷斯身旁，伸出手臂搂住了他的老朋友。"小姐，"他告诉芭芭拉，"真正的荣誉应该归于黑斯廷斯。是他卓越而精辟的评论把我引上了正轨。把他领到花园去吧，让他告诉你。"

他将黑斯廷斯推向芭芭拉，把两人一同赶向落地窗。"哎，我的小宝贝。"芭芭拉用滑稽的语调喊着黑斯廷斯，两人一起走进了花园。

理查德·艾默里正欲对波洛开口，通往大厅的门开了，露西娅走了进来。看到丈夫，露西娅有点不知所措地喃喃道："理查德……"

理查德转而凝望着她，大叫道："露西娅！"

露西娅往房间里挪了几步。"我……"她欲言又止。

理查德走向她，又停了下来。"你……"

他们俩看起来都极度紧张，表现不自然。这时露西娅忽然发现了一旁的波洛，忙走向他，伸出了双手。"波洛先生！我们该怎么谢您才好呢？"

波洛握住她的双手。"现在，夫人，您的麻烦已经不存在了。"他宣告道。

"杀人凶手是被抓到了，可我的麻烦，真的都不存在了吗？"露西娅忧愁地问道。

"的确，我看你还不怎么高兴呢，我的孩子。"波洛说道。

"我怀疑，我真的应该再次高兴起来吗？"

"我想是的。"波洛眨着眼回答道，"要相信你的老波洛！"

他把露西娅引到房间正中央桌旁的扶手椅上坐下,拾起咖啡桌上的纸捻,径直走向理查德,并把纸捻都递给了他。"先生。"他宣告道,"我很荣幸地将克劳德爵士的方程式交给您!它们可以重新拼起来,用你们的话怎么说来着?它会完好如初!"

"我的天哪,方程式!"理查德叫道,"我几乎把它忘了!我简直不能忍受再次看见它!看看它对我们都做了些什么。它要了我父亲的命,还几乎要了我们所有人的命!"

"你准备拿它怎么办呢,理查德?"露西娅问道。

"我不知道。你准备拿它怎么办呢?"

露西娅起身来到他的身边,轻声问他:"你会让我来决定吗?"

"它是你的了。"她的丈夫说,然后把纸捻都交给了她,"随你怎么处置这烦人的东西吧。"

"谢谢你,理查德。"露西娅低声说道。她来到壁炉旁,拿起壁炉架上的火柴盒,取出一根火柴点燃了纸捻,然后把它们一片片地投入了壁炉。"这个世界上的苦难已经太多了,我不想再有更多了。"

"夫人,"波洛说道,"我真是太欣赏您了。您无动于衷烧了这数万英镑,就好像它们值不了几便士似的。"

"它们只是尘埃罢了。"露西娅叹息道,"正如我的生命。"

波洛有点不以为然地哼了一声。"哦,好了,好了!让我们都去预订自己的棺材吧!"他用装出来的阴郁口气评论道,"不!我,喜欢的是愉悦,是快乐,是跳舞,是歌唱。看看你们,我的孩子们。"他继续讲道,同时也对理查德说,"现在,我要冒昧地请二位照我说的做。太太低头垂目地想,'我欺骗了我的丈夫',先生也低头垂目地想,'我猜忌了我的妻子'。然而你们俩需要的究竟是什么呢?是靠在彼此的臂弯里,不是吗?"

露西娅向她的丈夫靠近了一步。"理查德——"她低吟道。

"夫人,"波洛打断了她,"克劳德爵士之所以会怀疑你要偷他的方程式,恐怕是因为几周前有人给克劳德爵士寄了一封内容涉及你母亲的匿名信。至于寄信的匿名人,无疑应该是卡雷利的一位老同事,而那种人总是要闹翻天。可是,你知道吗,我的傻孩子,你的丈夫曾试图向贾普探长自白。事实上他承认自己是杀害克劳德爵士的凶手,只是为了救你!"

露西娅轻呼了一声,含情脉脉地望着理查德。

"而你,先生,"波洛继续道,"请试想一下这样的场景吧。不到半个小时之前,你妻子在我耳边大喊,说是她杀了你父亲,全因为她害怕这可能是你干的。"

"露西娅。"理查德温柔地低语,走向了她。

"作为英国人,"波洛一边走开一边讲道,"你们不会当着我的面拥抱吧,我猜?"

露西娅走向他,牵起他的手。"波洛先生,我想我是不会忘记您的,永远不会。"

"我也不会忘记您,夫人。"波洛边说边殷勤地吻了她的手。

"波洛,"理查德·艾默里说道,"我不知道说什么才好。您挽救了我的性命和婚姻,我实在无法表达我对您的感激之情。"

"不必自寻烦恼了,我的朋友。"波洛答道,"我很高兴能为您效劳!"

露西娅和理查德深情对望着,一同步入了花园,理查德的手臂紧搂着妻子的双肩。波洛跟着他们走到窗前,大声说道:"祝福你们,我的孩子们!哦,对了,如果你们在花园遇到芭芭拉小姐,请让她把黑斯廷斯上尉还给我,我们得赶快返回伦敦了。"接着波洛回到房间里,他的目光落在了壁炉上。

"啊!"他大叫着走到壁炉旁,把壁炉架上的纸捻瓶摆正,"就是这样!现在,一切又都整洁有序了。"就这样,波洛心满意足地向房门走去。

Black Coffee
Copyright © 1997 Agatha Christie Limited. All rights reserved.
Letter for Chinese Reader, New Star Edition by Mathew Prichard © 2013 Mathew Prichard.
Translation © 2023 arranged by New Star Press, Agatha Christie Limited. All rights reserved.
www.agathachristie.com
The Poirot icon is a trademark, and AGATHA CHRISTIE, POIROT, *Agatha Christie*® and the AC Monogram Logo are registered trade marks of Agatha Christie Limited in the UK and elsewhere. All rights reserved.
Charles Osborne asserts the moral right to be identified as the author of this work.
Published by agreement with ACL.
Simplified Chinese edition copyright: 2023 New Star Press Co., Ltd.

图书在版编目（CIP）数据

黑咖啡 /（英）阿加莎·克里斯蒂著；苏迪青译. —— 北京：新星出版社，2023.6
（阿加莎·克里斯蒂侦探小说全集：精装典藏版）
ISBN 978-7-5133-4914-7

Ⅰ. ①黑… Ⅱ. ①阿… ②苏… Ⅲ. ①侦探小说-英国-现代 Ⅳ. ① I561.45

中国国家版本馆 CIP 数据核字 (2023) 第 054931 号

午夜文库
谢刚 主持